시선, 침묵에 닿다

밥북
B·O·O·K

그림감상 에세이

시선, 침묵에 닿다

김봄서

모든 예술영역의 목적은 어찌 보면 독자 또는 관람자를 만나는 것이다. 시각적인 표현 예술 중 그림은 더 그렇다.

나 역시 그림을 그리며 갤러리에서 관람자를 만나고 있지만, 그림 감상을 어렵게 생각하는 사람이 많다. 작가로서도 관람자의 소감을 들으면 작품 제작에도 도움이 될 것 같은데, 아쉬운 마음이 많다. 책이나 영화, 연극, 음악 등, 다른 예술영역과 달리, 유독 그림에 대한 감상을 나누기는 어려운 것 같다. 맞고 틀리고가 없는데, 대부분 그림 피드백에 관해서는 묵묵부답이다. 그래서 "보이는 만큼만 그냥 본다"는 시인의 말이 반갑다.

그렇다. 그림은 그냥 보면 된다. 음악을 듣고 영화나 뮤지컬을 보듯, 그림 보는 것을 어렵지 않게 생각하고 다가와 주면 좋겠다. 개인적 생각으로는 작가를 떠나서 공개된 모든 작품은 관람자의 지분도 있다고 생각한다. 전문가들의 평가보다 일반인들의 작품평가, 또는 감상문들이 나의 작품 제작에 도움이 되고 아마 다른 화가들에게도 반가울 것이다. 그림 작업을 하는 중에 그런 피드백들은 머릿속에 머물다 화면으로 흘러 들어가 내 작업의 완성을 풍요롭게 해주는 것을 내 경험에서 여러 번 느꼈었다. 일반인 관람자의 평이 작가에게 필요한 궁극적인 이유이며, 이러한 응원은 큰 힘이 된다.

글도 소리도 없이 침묵하고 있는 것 같은 그림들에서 이야기를 듣고, 만들어 가는 관람자 중 김봄서 시인도 있다. 이번에 '시선, 침묵에 닿다'라는 제목으로 120여 명 화가의 그림 소개 에세이집을 냈다. 화가들에게는 무척 고무적인 일이다.

김봄서 시인 같은 그림 독자가 더 늘어나길 기대하며, 적극 이 에세이집을 추천한다. 그림을 어렵게 생각하는 이들에게 '좋은 그림 가까이하기' 입문서가 되면 좋겠다.

2024년 7월
김보연아트센터 대표/서양화가 김보연

살아가는 일은 너무 행복한 일이다. 더욱이 무언가를 느끼고, 그것으로부터 또한 행복을 얻는다는 것은 얼마나 큰 축복인가.

인연이란 게 특별하게만 이루어지는 게 아니다. 내 곁에 늘 함께하는 푸른 숲에서, 또는 좁은 산길에서 만나는 이름 모를 꽃들에서, 어제도, 그제도 있었을 하늘에서도, 삶의 기쁨을 만난다.

또 누군가에게 감명을 주거나 좋은 영향을 줄 수 있다는 건, 얼마나 매력 있고 감사한 일인가. 나는 그리움들을 그리는 흔한 화가다. 살면서 느끼는 것들을 나는 그리고 있을 뿐이다.

그런데 누군가 나의 그림을 보고, 그곳에서 자신을 만나고, 그리운 것을 회상하고, 생각을 알아차려 주는 것, 화가로 그림을 그리면서 기쁘고 감사한 순간이다.

글이나 그림이 특별한 곳이나 한정된 이의 것이 아닌, 우리의 일상 누구나와 함께 있다. 나의 그림도 그렇다.

가령, 누군가를 그리워하고 걱정하는 것은 그래서 세상을 아름답게 만드는 일이다.

나는 안다. 김봄서 시인, 그와 많은 이야기를 나누지 않았어도 그가 얼마나 따뜻한 시인이란 것을, 늘 함께하는 자연에 감사하고, 사람의 연을 소중한 사랑으로 승화시키려는 애틋함, 그림을 보는 마음이 잘 쓰지 않는 추천사를 쓰게 했다.
그가 걷는 길에 숲 내음과 새 소리에 묻혀 더 예쁜 행보가 되기를 응원하며 박수를 보낸다.

2024년 7월
그림 그리는 신 철

그림 보는 걸 좋아한다.

그림은 시와 닮았다.

작가의 사유와 영감, 함축, 이미지, 철학이 담긴 것도…….

다른 표현이면서 맥이 같고, 그러면서도 동경의 대상이다.

왜인지는 아직 모르겠다.

그림 보는 공부나 전문성은 전무하다.

그냥 본다.

작가 의도나 마음을 알아채지 못할 수도 있다.

내 마음대로, 내 멋대로, 감정대로 읽고 느낀다.

그리고 나를 본다.

되새김질하듯 이따금 보았던 것을 또 보기도 한다.

가끔 어려운 그림도 있다.

그건 그림 탓이 아니다.

대부분 나에게 문제가 있을 때였다.

그래서 보이지 않는 건 굳이 보려고 애쓰지 않는다.
안 읽히는 것도 마찬가지다.
다음에 다시 보일 때도 있고 그렇지 않을 수도 있지만,
보이는 것만으로도 충분히 행복하고 감사하다.
화가에 대한 존경과 사랑을 담아 더 많은 사람에게
소개하고 싶어서 보여진 것들과 생각을 여기 나눈다.
그림 일부도 참고로 작게 실었다.
그러니 혹 그림 전문가나 작가들은 너그러운 이해를 바란다.

2024년 견우직녀 달에
영월에서 김봄서

차례

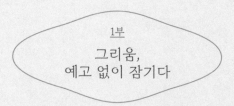

1부
그리움,
예고 없이 잠기다

안토니 보라틴스키_16 | 백중기_18 | 박구환_20

프레드릭 칠드 하쌈_22 | 구스타프 로아조_24 | 서기문_26

정채봉_28 | 강연균_30 | 그레고리 프랭크 해리스_32

시네자나 수시_34 | 박종경_36 | 마르크 샤갈_38

김대섭_40 | 김영자_42 | 신지원_44

문흥규_46 | 안창표_48 | 송수남_50

박은라_52 | 박준은_54 | 나윤찬_56

반시화_58 | 한희원_60 | 김민정_62

이미경_64 | 하인리히 포겔러_66 | 왕유웬_68

김진희_70 | 에리카 호퍼_72 | 이수동_74

앙리 쥘 장 조프로이_76 | 판텔리스 D. 조그라포스_78

마리안나 칼라체바_80 | 장용림_82 | 이우환_84

정현숙_86 | 이영지_88 | 노르만 록웰_90

클로드 모네_92 | 채보미_94 | 이혜민_96

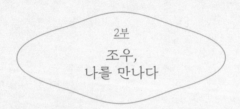

2부
조우,
나를 만나다

에드워드 호퍼_100 | 에곤 실레_102 | 구스타프 클림트_104

저먼 아라실_106 | 도리나 코스트라_108 | 박 태_110

오관진_112 | 신철_114 | 잉게 룩_116

빌헬름 함메르쇼이_118 | 케테 콜비츠_120 | 오순환_122

이케나가 야스나리_124 | 에린 콘_126 | 김호석_128

루 지안준_130 | 위니프레드 니콜슨_132 | 전영근_134

이안 피셔_136 | 폴 구스타브 피셔_138 | 양진아_140

국승선_142 | 도 두이 투 안_144 | '허씨 쵸코' 허지선_146

가국현_148 | 임은희_150 | 니콜레타 토마스 카라비아_152

피에르 셰바수_154 | 이돈순_156 | 스티븐 다비셔_158

데스 브로피_160 | 리차드 버렛_162 | 이미경_164

베리 힐튼_166 | 안나 라즈모프스카야_168 | 김주영_170

권옥연_172 | 에드가 드가_174

고찬규 1_176 | 고찬규 2_178

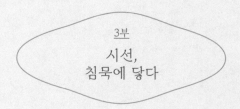

3부

시선,
침묵에 닿다

김보연_182 | 김미경_184 | 정영주_186

남여주_188 | 자크 루이 다비드_190 | 유영국_192

앙드레 브라질리에_194 | 김정자_196 | 허진_198

이반 크람스코이_200 | 강찬모_202 | 박인희_204

박 환_206 | 최 향_208 | 카라바조_210

프란체스코 하예즈_212 | 앙리 마티스_214 | 이인호_216

일리야 레핀_218 | 한스 홀바인_220 | 안상희_222

김상구_224 | 김덕용_226 | 헤르만 헤세_228

이반 알리판_230 | 젬마 카프데빌라_232 | 이영철_234

오진국_236 | 쥴리안 온데덩크_238 | 김은경_240

요하네스 얀 베르메르_242 | 쿠노 아미에트_244 | 김가빈_246

마크 로스코_248 | 존 프레드릭 루이스_250 | 엥 타이_252

귀도 레니_254 | 황규백_256 | 이반 아이바조프스키_258

엘 그레코_260

1부

그리움, 예고 없이 잠기다

우리나라에서는 〈행복한 청소부〉, 〈바다로 간 화가〉,
〈생각을 모으는 사람〉들이라는 삽화로 유명하다.
그림에도 작가의 성정이 깃드는 것 같다.
책의 스토리에 맞추어 창조한 캐릭터들일 텐데 남다른 분위기가 있다.
다양한 생각을 형상화한 작품은 정말 재미있고 놀랍다.
창의적인 작가의 심지가 돋보인다.
마주하는 세상의 모양이 어떠할지라도 다 받아낼 것만 같다.
둥글둥글 푸근한 인상과 삶을 대하는 성실한 태도가 느껴진다.
어디서 그렇게 느껴지느냐고 물으면 꼭 짚어 내지 못할지도 모른다.
누구라도 서너 컷만 보면 알 수 있을 것이다.
그걸 좀 더 빨리 안다는 것은 배가 고픈 것이다.
그런 사람들은 단박에 알아차릴 수 있다.

나는 10년 전 나의 아버지를 잃고 나서부터 늘 배가 고프다.
어른아이처럼 오랜 허기짐에 헤매고 있었다.
한편, 그러면서 배고프고 허기진 사람들이 조금씩 보이기 시작했다.
시간이 지나면서 누군가의 허기를 조금이라도 채울 수 있는 사람이
될 수 있다면, 더할 나위 없겠다는 생각도 하게 되었다.
그래서 글을 쓴다.
얼마나 도움을 줄 수 있을지는 잘 모르겠지만,
할 수 있는 만큼만 하기로 한다.
너무 무거우면 덜어내며, 함께 나누어 보려 한다.
그림 속 행복한 청소부처럼……

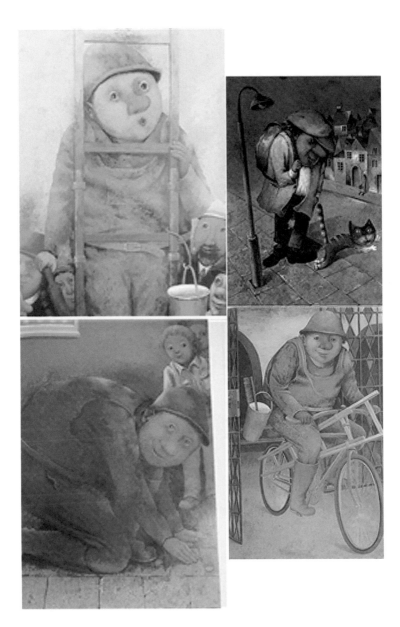

그림을 마주하는 순간 마음이 닿았다.

모르면서도 아는 척해도 될 것 같은 그런 작품 앞에서는

종일 철퍼덕 앉아있고 싶은데,

작가 작품이 그렇다.

그냥 많은 말을 하지 않아도 되었다.

마음을 만지는 에세이처럼 무겁지 않고 편안했다.

불편함 없이 가볍고 푸근했으며, 순면 몸뻬바지를 얻어 입은 느낌이었다.

호박 넝쿨 올라간 담장 넘어 메밀밭도, 홍매도, 늙은 감나무도 그렇고,

그리 은밀할 것 같지 않은 시골 '순정 다방'도 정겨웠다.

특별한 형식과 격식 없이 그냥 봐도 따뜻한 느낌이 들어 좋았다.

작가는 달빛 스민 고향 구석구석을 몹시 사랑하는 눈치다.

오래 쓰다듬은 솜씨가 여간 아니고,

색을 들어 앉힌 계절마다의 음영도 고수다.

고흐의 '별이 빛나는 밤'이 있다면,

백중기 작가의 고향 '영월 별밤'이 있었다.

늙은 홍매 작품에서도 나는

고흐의 '아몬드 나무'를 오버랩시키게 되었다.

영월 작가의 그림을 만나게 되어 더 반갑고 기뻤다.

서정시를 닮았다.

작가의 작품은 색감에 감탄하고, 섬세함에 감탄하게 된다.

어떤 무리함이나 부담이 없고 온화하고 화사하다.

여성적 감성이 엿보여 그림만 보면, '여성 작가인가?'

할 정도로 시선이 곱다.

그렇지만 작가의 그림이 처음에는 그렇지 않았다고 한다.

다소 강렬한 추상화와 초현실주의 작품을 주로 그렸었다.

고2 때 겪은 5·18의 기억이 트라우마로 작동되어

작품에도 영향을 주었다고 스스로 평가했다.

급기야 그림 그리는 것을 포기하는 결심을 하게 할 정도였다.

자기 치유적 작품들을 그린다고 생각했지만,

오히려 내면적 갈등과 충돌을 겪곤 했었던 것 같다.

그 무렵에 남도의 한 섬을 찾아 휴식하게 되었고,

현재의 그림 풍으로 전환하게 되는 계기가 되었다.

작은 섬과 자연과 바다와 그곳의 평화롭고 소박한 사람들의

삶이 주는 치유였다.

그 경험이 지금 자신뿐 아니라 많은 이들에게

그림으로 쉼을 주는 것이다.

2022년 6월 25일 서울 논현동 연세 갤러리에서 작가의 작품을 보았다.

서정 시집 한 권을 맛있게 본 것 같았다.

봄과 여름 사이,

공간을 지배하고 있는 아름다운 작품들이 감동적이었다.

보석과 함께였는데 손색없이 빛났다.

나도 현재 개인적으로는 모든 걸 멈추고 있다.

분명 쉼이 필요한 시기인 것 같다.

작가의 그림을 통해 고향의 이곳저곳을 다녀온 듯했다.

엄마와 아버지가 있는 풍경의 밭과 동무가 되어 주었던 나무들과

아버지를 기다리는 바다와 그 길을 오가던 경운기와 조우하며,

홀로 고향 집을 지켜내고 있는 엄마의 성실한 풍경이 더 그리워졌다.

그러고 보면 예술의 힘은 영혼의 깊은 쉼이다.

모처럼 맛있는 쉼이었다.

새로운 삶을 축복하며.

미국 프레드릭 칠드 하쌈 Frederick Childe Hassam, 1859~1935

일상의 평온함이 매일 뜨고 지는 해와 달빛에 잘 녹아 평화롭다.

자유와 평화로움은 신의 선물이다.

작가는 미국에서 가장 뛰어난 인상주의 화가 중 한 사람이다.

영국 작가 터너Turner와 수채화가 이던 호거스Hogarth로부터

매우 인상적인 영향을 받는다.

첫 번째 〈숄스 섬의 달빛〉은 그의 가장 대표적인 작품이다.

개인적으론 다섯 번째 작품을 가장 좋아한다.

빛나는 삶의 의지다.

일평생을 그림에서 지속적인 변화와 성장을 꿈꾼다. 대단한 일이다.

그가 다녀가며 세상에 일상처럼 놓고 간,

삶의 정수들을 지금 난 호흡하고 있다.

평온함 속 그리움과 외로움이 양면하는 그림에 넋을 빠뜨린다.

모네와 화풍이 닮은 것으로 유명한 작가이다.
⟨Morning Mist 1909⟩라는 그의 작품에 끌려 보랏빛을 사랑한다.
아침 안개를 보랏빛으로 읽어 내는 그의 감성이 좋다.
어둡지 않은 칼라를 잘게 다져 요란하지 않은 파스텔톤으로 눌러
깊음을 더해 준다.
가을 속 다 익지 않은 초록의 조화가 좋다.
강을 사이에 두고 서로 연민 가득한 눈빛으로
그리워하는 겨울 나목의 세레나데가 들리는 것만 같다.
며칠 전 눈이 내렸던 대지 위에 다시 된서리가 내렸다.
표면이 살짝 언 길을 사각거리며 기분 좋게 걷고 싶어졌다.

돌아오는 계절이 더 그립다.
계절들과 사랑을 하리라.
가을은 가을대로,
겨울은 겨울대로,
다시 봄, 여름…….
모든 순간을 이처럼 사랑하면 좋겠다.

사진에 가깝다.

자세히 들여다보았을 것이다.

아주 면밀하게.

토방에 앉아 수수비를 만드나 보다.

수수목을 고르는 노인의 모습이 낯익다.

장독대의 장을 살피는 모습도,

눈물 나게 진지한 삶의 태도다.

가슴 아프게 아름다운 존재들과 일상이 사위어 간다.

어쩔 도리는 없다.

누구에게나 생은 흘러간다.

낡아지고 역사가 되어가는 것이다.

그리움과 추억 속에만 존재하고 역사하는

소중한 것들에 대한 상실이 슬플 뿐이다.

작가는 그것들을 끊임없이 울컥울컥 새겨 준다.

그리움 너머 역사를 위하여 역사를 그리다.

가을 문턱에서 깊은 고민에 빠진 초록을 만난다.

또다시 선택의 시간이 왔나 보다.

이별은 아프다.

또 다른 시작이라고 말하고,

또 다른 만남이라고도 하지만,

늘 서운하다.

늘 아쉽다.

작가의 초록은 싱그럽고도 깊다.

내가 본 수채화 작품 중 녹색을 가장 아름답게 표현하는 작가 중 한 명이다.

최고다.

그 푸름이 깊어

기쁘고,

아프고,

슬프기도 하다.

초록을 보내며.

흙냄새가 난다.

아름다움의 기준이 무엇인지 인식을 새롭게 해주는 작품 중 하나다.

보이지 않던 이면을 보고 다시 보며, 왈칵 눈물이 났다.

수많은 인생의 값을 받아낸 치열했던 터전이다.

모두의 고향이다.

우리는 누군가의 희생으로 오늘을 살고 있다.

기름기 빠진 청빈한 몸으로 살아가는 삶들이다.

더 이상 옹색하게 보이지 않는다.

누군가에게,

어딘가에,

빛깔과 기름진 것을 다 내어 준 껍질들,

단 하루도 허투루 살지 않았을 기도 같은 삶들이다.

훈훈한 이야기들이 거친 삶과 한숨을 달래주면 좋겠다.

숭고함이 아리다.

그레고리 프랭크 해리스 Gregory Frank Harris 1953~

목가적이다.

밀레가 생각나는 화풍이다.

고단한 일들이 많기는 하지만, 전원의 삶은 여유롭고 소박하다.

따뜻함과 풍요로움이 가득한 낯설지 않은 풍경은 그리움이다.

이런 평화로움은 오래 지켜졌으면 좋겠다.

낯선 이기주의에 매몰되면서 우린 이웃을 잃고,

우리의 지경은 점점 협소해지고 있다.

담장은 높아지고 경계의 벽은 더 두꺼워진다.

각자 메마른 씨앗들만 가지고 살아간다.

오래도록 싹이 나지 않는 것들이 많다.

외로움에 겨운 사람들은 더러 이런저런 모임을 가져본다.

하지만 그런 것이 오히려 피로감을 줄 때도 있다.

그러니 스스로 감정 비위를 맞추는 것도 쉽지 않다.

작가처럼 고향 캘리포니아를 사랑하고 그리워하듯,

누구에게나 그리워하고 사랑하는 고향이 있어야 한다.

꼭 물리적 고향이 아니어도 좋다.

꽃 한 송이 오롯이 사랑할 수 있거나, 잠시 혼자만의 생각에 잠겨도 좋다.

고개 들어 하늘 볼 마음을 쪼개낼 수 있으면 더 좋겠다.

볕이 좋은 오후의 창가에 앉아 한잔의 커피를 즐길 수 있는 황혼은

참 아름답다.

내 마음의 고향을 나도 찾아야겠다.

무겁지 않은 수채 일러스트다.

그녀의 작품은 햇살 좋은 날 오전에 마시는 레몬차 맛을 닮았다.

목화솜 꽃 같은 미소를 연신 머금게 한다.

가끔 코끝을 아리게 하는 매력을 빠뜨릴 수 없다.

언제나처럼, 내 아버지를 보고 싶게 만든다는 점이 흠이다.

얼마 전 외할아버지가 된 남편,

아주 오랫동안 딸들을 차지한 아빠이고만 싶었나 보다.

외손주가 태어나던 날 기뻐하면서도 적이 당황스러워했다.

최종적인 감정은 '슬프다'며 며칠 묵직한 모습을 보였었다.

작가의 그림을 보여주면 딸아이 결혼식 날처럼 울어 버릴지도 모른다.

슈퍼맨은 울어도 멋지다고 말해줘야겠다.

딸들도 안다.

예뻐해 주는 만큼이나,

어떤 모습이든 세상에서 내 아빠가 제일 좋고 최고 멋지다는 것을…….

그리운 내 아버지도 정말 멋졌다.

편안한 색감과 분위기가 향수를 자극한다.

고가구 같은 그림이다.

낯익은 풍경과 소재가 주는 익숙함일지도 모르지만 좋다.

엄마의 뜰과 도구들, 아버지의 밭이랑과 기구들, 그립다.

세월이 이고 가버린 것들은 다시 돌아오지 않고 점점 더 멀어진다,

나이만큼의 무게와 속도로 말이다.

돌아갈 수 없다는 아쉬움이 못처럼 박힌다.

기억의 조각들을 끌어모아 눈 오는 겨울이면

그리움과 추억을 짜깁기할지도 모르겠다.

기억은 이내 할머니 댁까지 달려가고 만다.

큰집 사촌들이 고만고만 있으니 노다지 갔었다.

대밭 신우대 우는 소리가 들린다. 사촌들과 틀어진 내 심사를 닮았었다.

밤새 달빛에 어려 겁을 주던 대숲의 그림자가 사라질 무렵이었다.

섭섭하게 한 사촌들을 응징하려고 부아를 용기 삼아,

평소 혼자는 도무지 넘지 못하던 서낭당길에 들어서고는 했다.

내가 없어진 걸 알고 나면, 이른 아침 혼자 산을 넘어 집으로

가버린 손녀를 걱정한 할머니가 사촌들을 호되게 혼내주길 바랐다.

그런데 서낭당 언덕을 오르기 직전부터 대숲의 그림자는

아무것도 아니었다는 후회가 단박에 들었다.

온몸의 털이 다 섰었다.

서낭당 앞도 그렇지만 산 넘어 산이라고 상엿집이 있던

'어등이고개'가 최고의 관문이었다.

두어 번 그쯤에서 마치 아무 일 없었던 것처럼
할머니 댁으로 돌아간 적도 있었다.
부아가 많이 난 날은 침 한번 꿀꺽 삼키고 눈을 감고 뛰었다.
가슴이 먼저 줄행랑치듯 뛰어가는 바람에 꼭 상엿집 바로 앞에서
신발이 자주 벗겨졌다.
호기롭던 모습은 온데간데없고
눈물 콧물 범벅되어 돌아왔던 기억이 우습다.
이른 아침 이슬을 털며, 복어 볼때기를 하고 돌아온 딸의 발을 아버지는
말없이 쇠죽을 끓이던 아궁이 앞에서 말려주시고는 했다.
그때마다 아무 말도 하지 않았는데 엄마랑 아버지가 늘 웃으셨다.
그림이 자꾸만 추억 방망이질을 한다.

프랑스 마르크 샤갈 Marc Chagall, 1887~1985

샤갈의 그림은 사랑의 연서이며 예배다.

그림 속 여인은 일찍 사별한 아내 벨라 로젠펠트Bella Rosenfeld에 대한

사랑과 그리움으로 사무친다.

깊은 사랑과 애도, 깊은 고독을 승화시킨 흔적이 역력하다.

사랑 노래로 가득하다.

깊고 강렬하면서 풍부한 색감은, 그의 고백이고 그리움이다.

샤갈의 그림에서는 '사무친다'는 표현이 결코 과하지 않게 느껴진다.

작품 한 점을 완성하는데,

10년이나 되는 긴 시간 공을 들인 작품도 있다.

아마도 그건 영혼을 담아 그리움의 집을 짓는 시간이었을 것이다.

한편, 샤갈의 사랑은 신과의 사랑이기도 하다.

그림은 신과 자신과의 사랑을 표현하고 있는 것으로도 보여진다.

신실했던 신의 신부가 된 샤갈의 예배와 찬양,

인간을 향한 신의 고백서인 성경 '아가서'를 보는 듯하다.

그의 지고지순함과 경건함이 좋다.

다시 동경하며.

작가의 그림을 대하며 미소를 머금다

끝내 그리움으로 눈물을 내고 말았다.

내 엄마 아버지의 삶, 어찌 그리 옹색하고 궁색하였는지?

오래 성실하게 시간을 들이고 공을 들여야 했다.

마음과 육체로,

그렇게 몸을 써야 자식들 입에 밥술이 들어가고,

매운 겨울을 날 수 있었다.

팍팍했다.

변변한 것도, 만만한 것들도 없었다.

세상이 그리 호락호락하지 않다는 것을 아는 삶이었다.

세월을 밟아 넣었다.

아버지의 자존심은 근면 성실하고 정직하게 사는 것에는

장사가 없다는 것이었다.

생각해보니 되려 고수라고 생각되었다.

징징거리지 않고,

주어진 것에 땀 흘린 만큼만 먹고 사는 것이 속 편하다는 것,

그게 진정한 '금싸라기 밥'이었다는 것을 이제야 조금 알아 가고 있다.

부모님의 땀과 눈물과 청춘과 바꾼 금싸라기 밥을 먹었는데,

어찌 허투루 살 수 있겠는가?

도무지 그럴 수 없다. 풍진 세상과 맞서는 내 아버지와 엄마를 보지 않았는가?

그리고 내 아이들에도 진짜 금싸라기 밥을 먹여야 한다.

지금도 이 땅의 고수들은 그렇게 살아가고 있다.

봄, 여름, 가을, 겨울 각 계절이 계절답도록.

대한민국 **김영자**

동화 같은 그림이 참 따뜻하다.

아마도 작가는 저 길목 어디쯤에서 계절을 마중하고,

유년의 꿈들을 추억했나 보다.

행여 추억이 길을 잃을까 봐 그리움의 등을 달아놓은 것 같다.

그곳에 친구들을 비롯한 사랑하는 이들이 있다.

낯선 이국의 거리와 주택가에 낯익은 풍경이 어우러져 있다.

댕기 머리의 여인,

연날리기하는 아이들,

꿈을 꾸고 나니 그곳은 이내 거실이다.

눈을 감거나 떠도 사라지지 않을 그리움들을 저장한 것 같다.

동화다.

채비 없이 그림 따라 이내 골목 어디쯤을 또각또각 걷고 있다.

햇살이 풍성하게 데워 놓은 그곳에

가을 닮은 추억이 내 손도 잡아주는 것만 같다.

오래도록 머물러 주기를 기도하며 추억을 표구하다.

채색의 심미가 돋보인다.

한국화 특유의 전통적 채색이면서,

이를 위해 거친 질감의 모시 조각보와

오색찬란한 자개를 채색의 재료로 사용하기도 했다.

자개 채색 작품이 단연 눈에 든다.

조형물 같은 채색 방식이 창의적이다.

전통적 채색 방식에서 일탈이나 변형이 아닌

정체성을 견고히 하기 위한 재해석에 박수를 보낸다.

우리 조상들은 화도로 사철 지지 않는 부귀영화와

생명력의 복을 빌었다.

화도가 고급스럽게 화려하고 화사하다.

오래 지지 않을 꽃 그림 한 점 걸어두고,

꽃무늬 이불 한 채 마련하여 덮고 싶어진다.

…….

영원히 지지 않을 삶의 봄을 기원하다.

오랜 군 생활과 사업 등으로 늦깎이 전업 작가가 되었다.

구성과 배열에서 얼른 이왈종 작가가 생각난다.

남성적 추억의 깊이와 무게감이 문신처럼 새겨져 있다.

틀에 매이지 않는 창작성과 작품에 대한 애착이 남다르다.

한국화면서 서양화 같기도 하고,

구상과 비구상을 넘나드는 열정적인 작가다.

그림을 내 맘대로 보고 읽는

나 같은 사람에게는 매우 어려울 수도 있고,

더없이 재미있는 작품들이 될 수 있다.

그림의 소재도 독특하고 특별하다.

한지를 갈아서 한지 죽을 만들어 기초작업을 한 캔버스에 그림을 그린다.

마치 회고록을 쓰듯 어린 시절 추억을 더듬어 낸다.

다양한 색감으로 곱게 채색한 그림일기처럼,

행복했던 추억이 캔버스 가득 꽉 들어차 있다.

그러면서 석 채 발색력을 잘 잡아,

덧 담아낸 진한 그리움들이 깊고 묵직하게 느껴진다.

마음 따뜻한 친구를 만난 것처럼 행복한 기분이 든다.

꽃 같은 추억,

어른과 동심 사이를 연결해 주는 고운 다리 같은 작품이다.

추억의 일기장 같은 그림에 가슴이 뻐근해졌다.

이 땅의 너무 바쁜 이들에게 더 많은 가교가 만들어지길 기도하다.

작가는 장독을 모티브 한 작가로 유명하다.

장독대에 계절이 내린다.

무엇이 오르고 내려도 썩 잘 어울린다.

편안하고 푸근한 단지들이다.

계절들이 쉬어간 흔적을 남겨도 넉넉하게 품는다.

다음 계절이 꽃향기를 두고 가고,

습한 물비린내를 묻히고 가도,

햇살 주에 취한 나무들이 벗어부쳐 놓은 옷가지도,

시집살이 같은 겨울의 냉대마저도

결코 자발떠는 법이 없다.

한 줌 바람꽃 향기에 족한 듯 숨을 고르고 고르며,

유기물을 만들고 지켜낸다.

그렇게 자기 자리에서 오래도록,

많은 것을 품고 이 땅들을 지켜내는 서민, 보통 사람들처럼.

장독대 주변 채송화와 봉숭아도 그립다.

속절없이 계절은 쌓여 풍경을 만든다.

이 담에 햇살과 바람 좋은 날,

장독처럼 기운 빼고 삶을 고즈넉하게 바라볼 수 있었으면

더없이 좋겠다.

작가의 동양화는 교과서에 실릴 만큼 명작이다.

동양화하면 겸재 생각을 당장 하게 되지만,

현대 화가로는 나는 남천의 작품이 참 좋다.

자연의 자연스러움에 미안을 열게 해 준다.

선,

구도,

배열,

농담도 그렇고, 썩 마음에 든다.

겨울의 침묵을 깨는 봄과 어둠을 가른 새벽 같은 그림이다.

진부하거나 너무 묵은내가 나지 않아서 좋다.

빼어난 면 다룸과 정서가 입은 세련된 감각이 좋다.

소통의 길을 내어 답답하지 않아서 더 좋다.

군더더기가 없고 양념을 많이 하지 않은 정갈한 음식 같다.

새벽녘 길을 나서시던 아버지의 논두렁에 계절이 오고 가듯

마른기침을 삼켜낸 고요한 수묵의 느낌이 더없이 좋다.

그렇게 또 그림을 보다가 뜬금없게도 자꾸만 아버지가 보고 싶어진다.

그리움을 달래보며.

작가는 민들레를 모티브 한다.

민들레는 자유로움이다.

꿈이고 사랑이고 용기다.

겨우내 언 땅속을 견뎌내고, 한 줌 볕에 호기롭게 봄을 얘기해 주는 밝은 꽃,

이른 봄, 회색빛 대지에 미소 같은 꽃이다.

민들레는 바람을 두려워하지 않는다.

바람이 데려다주는 곳은 어디든 날아갈 준비가 되어있다.

단련한 갓털 세우고 더 멀리 데려다줄 바람을 기다린다.

그렇게 뽀송하게 부푼 꿈은 나비의 날갯짓만

있어도 금방이라도 날아오를 것 같다.

동양화 특유의 석채와 분채를 조화롭게 다룬 작품이다.

그래서 더 생기롭고 긴장감을 준다.

긴장감은 작가 작품의 백미다.

꿈을 잃어버린 이들에,

삶에 지친 이들에게,

호기심과 긴장감과 설렘을 충전시켜 주고 싶었는지 모른다.

바람을 기다리고 그리워하며, 사춘기 소녀처럼 몸살이 났다.

바람을 타고 날아올라 당도하게 될 미지를 그리는 호기심 천국 민들레,

꿈은 삶의 원동력이다.

민들레는 꿈이다.

그래서 민들레는 사랑이다.

'메밀꽃 작가'로 불릴 정도로 메밀꽃을 사랑하는 작가다.

"산허리는 온통 메밀밭이다.

피기 시작한 꽃이 소금을 뿌린 듯 흐뭇한 달빛에 숨이 막힐 지경이다."

이효석의 〈메밀꽃 필 무렵〉의 허생원과 동이 생각이 난다.

다시 그 책을 읽게 한 작품이다.

척박한 땅에서도 잘 자라는 메밀,

병충해에도 비교적 강하고

짧은 해 걸음에도 바지런하게 자라 야무지게 영글어 준다.

그래서 고산지대나 강원도 산과 골이 깊은 곳에서도

거뜬히 농사를 지어내는 작물이다.

어쩌면 우리네 국민성을 닮은 식물이지 싶다.

작가가 모티브 한 이유 중 하나일 지도 모른다.

하얀 분을 내어 겨우내 산간 사람들 배를

든든하게 지켜주던 어머니 같은 메밀,

설핏 새벽안개 같기도 하고, 눈꽃 밭 같기도 하다.

한낮의 햇살 아래 민낯조차도 맑고 단아하다.

휘영청 밝은 박속 같은 달빛에 깃든 메밀꽃밭은,

베일 드리워진 여인의 속살같이 눈부시다.

달의 노래에 별이 쏟아져 내린 메밀밭에 가을이 익어가고 있다.

더불어 나의 계절도 잘 익어가길 기도하다.

작가는 미술 전공 작가는 아니다.

연세대 상경대학 출신으로 오랫동안 무역업에 종사해 왔다.

작가의 연세를 보면 전쟁을 경험한 세대다.

시대적 상황으로 인해, 아마도 꿈과 재능을 보류했을 가능성이 크다.

작가는 서울에서 태어나 피난지였던

충남 유성에서 경험한 어린 시절 자연과의 교감이,

현재 그림의 정서가 되었다고 얘기한다.

자연을 떼어 놓고는 인간의 삶을 해석할 수 없다는 것을

알 수 있는 작품들이다.

색감이 화사하면서도 지적이다.

둥근 해와 가득 찬 만월이 다정하다.

햇살이 하늘 아래 것들을 영글게 하고,

달빛과 별들이 알알이 박혀 보석처럼 빛나게 한다.

사랑으로 편만한 대지는 조화롭다.

자연에 곁들여진 절묘한 균형감이 백미다.

투명하게 차오르는 산뜻한 힘이 기분 좋게 한다.

평범하고 제한된 소재로 그려졌지만, 지루하거나 단조롭지 않다.

단순하게 함축된 선은 깔끔하고, 세련되게 깊다.

삶을 대함에 있어서 작가가 얼마나 긍정적이고,

능동적인 해석을 하는지도 알 수 있다.

함께여야 아름답다.

함께여서 더 행복하다.

우리 동네, 우리 집, 우리 가족, 사랑하는 친구들,

한가위처럼 오래도록 신의 축복이 가득하길 바라다.

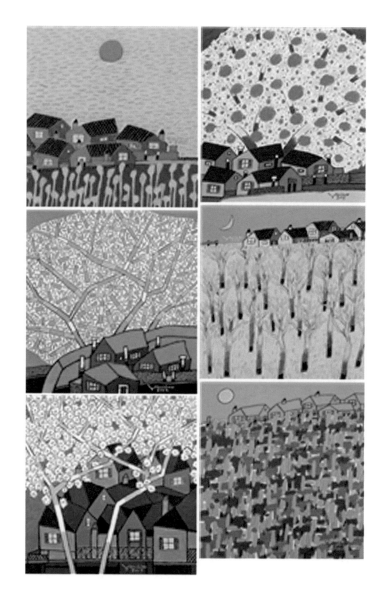

망초꽃과 하늘을 받쳐 든 바지랑대가 정겹고 자연스럽다.
망초꽃, 늦봄과 여름 사이 들녘에 지천인 꽃이다.
잡초와 꽃과의 경계처럼 너무 흔해서 대접받지 못하지만,
다른 봄꽃들이 지고 나면, 그래도 반가이 눈에 들기도 한다.
무지렁이 꽃이다.

작가의 망초꽃은 위로다.
아기자기한 이야기 같은 꽃이 한없이 자애로운 엄마 같은 꽃이다.
순결하고 순수하다.
세련된 새악시처럼 화장기 없고 거친 듯하지만,
밥처럼 질리지 않는 엄마를 닮았다.
특별함도 없고, 향도 그렇고,
바람 따라 흔들리면서도 그 자리쯤에 언제나 있다.
흔해서 외롭고 지천이어서 슬프다.
소외된 엄마의 영역과 시간, 부엌의 경계가 유독 깊었다.
엄마가 되고도 한참 있다가 이제야 조금, 엄마가 보이나 보다.
망초꽃 같은…….

하늘을 인 바지랑대를 부러워하는 겸허함까지,
행여 짓궂은 바람에 빨래를 지키며, 종일 하늘을 이고 기도하고 있다.
작가의 그림들은 축축한 것들에 대한 희망과 그리운 엄마의 기도다.
마음을 만지는 흰 그림자는 사모곡이며, 조곡 같다.
오늘도 바람이 분다.

시인의 마을엔 초록빛 가을이 노랗게 익어간다.

풋풋한 가을, 아오리 사과 맛을 닮은 그림이다.

작가는 이 땅의 모든 이들에게 그림으로 자유와 평온함을 선물한다.

작가의 바람과 기도처럼 평온한 자유가 느껴진다.

아직 강을 채 건너지 못한 여름이 동동거린다.

이내 체념처럼 고즈넉해진 여름에 나룻배를 한 척 띄워 보내고 싶다.

고흐의 '별이 빛나는 밤'이 생각나게 하는 작품은,

영근 꿈들이 매달려 빛나는 것만 같다.

어스름 강가에 바다 빛 그리움들이 스멀거린다.

하늘과 강물에 돈은 가을의 푸른 기운은 대리석 체온을 닮았다.

이별을 예감하고 있을지 모른다.

가을은 별도 빛을 덧입게 한다.

소름 돋게 이지적이다.

도도한 별이 조금은 슬프지만 무심해져 좋다.

가을에는 별도 함께 밀도 있게 익는 법이다.

작가는 기린 화가 또는 맨드라미 화가로 유명한 작가다.

한 편의 시를 보는 것 같은 작품들이다.

동화적 색감이 사랑과 행복과 건강을 축복하는 언어다.

세상에서 키가 제일 큰 기린,

물을 한 달 이상 마시지 않아도 사는 동물이다.

초식동물, 긴 목, 긴 다리를 이용해

아카시아 같은 가시가 있는 나무의 꼭대기 줄기나 잎도 먹는다.

특정한 지역에 살 수밖에 없는 흔하지 않은 동물,

작가는 하필 기린을 선택했을까?

가장 크고 길다는 것이 우월하기도 하지만,

가장 불편한 취약점이기도 하다. 서서 자야 하고, 민첩함이 덜하다.

수명은 20~30년 살면서 15개월의 임신 기간에

한 마리 개체 수를 늘릴 수 있는 조건이 그가 가진 생체적 능력이고,

지수다.

균형을 유지하거나 보완하지 않으면 힘들어질 수밖에는 없다.

긴 기다림,

상황과 환경의 지대 위에서 수용적 균형을 유지하는 것,

농도가 다른 소중함이다.

점점 더 많이 필수 조건들이 요구되고 늘어간다.

타고남에서 밀리고, 후천적 능력으로 마련하기에도 턱없이 모자란다.

작가는 기린을 통해 통찰력을 얘기한다.

빨간 펜으로 강조하듯 동화적 시선과 색을 입힌다.

긴 목은 한계를 극복하기 위해 애쓴 기다림이며, 부호다.

......

그렇게 난 네가 있는 자작나무 숲으로 간다.

보통 사람들이 성실하게 열심히 살아가는 모습이다.

누추해 보이는 그곳에 눈물과 쿵 내려앉을 일들도 있었겠지만,

사랑이 있고 웃음이 있고 희망이 있다.

과잉 포장도, 꾸밀 줄 모른다.

동네 사람들이 필요한 건 다 갖춘 정체성은 뒤꼍에 둔 구멍가게,

복잡해 보여도 손님이 찾는 물건을 단박에 찾아 대령한다.

충남 광천장 엄마 단골집 생각도 난다.

남루하고 옹색해 보이는 살림들과 풍경이 이제 성실하게 보인다.

세월을 아끼며 달린 그것들에서 이제 이상하게 마음이 편해지고 살갑다.

속을 오히려 넓게 만들어주는 것 같은 이 느낌은 무엇일까?

슬그머니 엄마의 살림살이에 눈이 간다.

구식이 다정해졌다.

몇 해 전 나는 엄마가 쓰던 조청 단지와 아담한 옹기 두어 개를 얻어왔다.

작가의 그림을 처음 보는 순간 눈물이 쏙 빠져나왔다.

잊히고, 잊혀질 것들에 대한 기억을 소중히 아껴주고

보석이 되게 해준다.

그림에서 할머니도 만났다.

세상에서 제일 귀하고 사랑스러워하던 큰집의 사촌오빠와

막냇삼촌의 밥공기를 묻어 두던 곳,

할머니의 마음과 사랑 그리고 내 질투가 함께 묻힌 곳,

그곳은 제단 같았다.

할머니의 손자도, 할머니의 막내아들도 그 마음과 사랑을 먹고 자라

심성이 그만이다.

세월의 흔들림에도,

틀림없이 다시 자리를 잡고 의연히 자기의 삶을 살아간다.

눈물 나게 그리운 것들과 소중한 것들의 예배가 더 깊어져 갈 것이다.

삶의 윤기 근원이 내 영혼에도 스미기를 간절히 바라다.

'헨젤과 그레텔' 같은 동화 연구가인 게오르그 오세그1919의 조부이며,
릴케의 시에 영향을 준 화가로 유명하다.

작가의 그림에서 순수함과 고고함을 간직한
자작나무와 여인들이 동일시되고 있다.
시선은 하늘을 응시하고 있다.
연인을 기다리며, 안녕을 기도하고 있을지도 모른다.
껍질은 기름기가 많아서 예전엔 촛불 대용과 화촉으로 사용했고,
연인들의 연서로도 쓰인 낭만을 상징하는 나무이기도 하다.
작가가 그린 가녀린 자작나무는 식지 않은 사랑을 얘기하는 것 같다.
사랑의 열정과 지조를 잃지 않고 살아가는 나무처럼,
가녀린 여인들이 기다리고 지켜낸 그 사랑은 무엇보다 순수하고 뜨겁다.
기운을 뺀 시선과 기다림으로 쥐고 있는 꽃은 시들지 않는다.
사랑하는 이에게 문을 열 기다림의 장소는 다르지만,
하늘빛 그리움은 참 푸르다.

중국 **왕유웬** Wang Yu Yuan, 1943~

아버지의 계절과 공간은 아직도 모내기 철이고 논이다.
마른 가리 물을 대어 한 열흘쯤은 논을 불리셨을 거다.
가뭄에는 천수답처럼 모든 논이 별수 없었다.
가슴에서 퍼 올린 기도를 모아
한 촘 한 촘 꽂듯 계절을 심고 꿈도 심었다.
양가감정이 든다.
향수 어려 그립고, 또 고단했던 아버지의 계절이 속상하기도 하다.
엄마는 아직 이미 남 준 그 논들을 자주 눈여겨보는 눈치다.
가을 되어서야 가뭄에 속이 타 까맣던 아버지의 얼굴에
목화솜 꽃 같은 미소가 한 줌 피었다.

멋쟁이 우리 아버지가 보고 싶다.
농번기 끝나면 망둥어 낚시며,
참게 잡으러 다녔던 기억이 참 좋아 보였더랬다.
기분 좋은 날 농주에 거나한 아버지의 경운기까지
취한 듯 동무처럼 보였었다.
열심히 일하고 좋아하는 것들을 짬짬이 즐기던 분,
가끔 장에라도 가려면 챙 있는 페도라를 즐겨 쓰고,
머플러를 더하여 멋을 내었다.
작가의 그림에서는 늘 아버지를 만난다.
기억 넘어 그리움의 언덕에서 또 그렇게 서성이다가 간다.

'그럼에도 불구하고'라는 주제의 기획 전시 작품들이다.

나도 나의 엄마도, 그 엄마의 엄마도, 또 그 엄마의 엄마도

시대만 다를 뿐 여인으로, 어머니로 산다.

생명을 잉태하고, 낳아서, 양육하고, 보호한다.

많은 소비와 낭비와 생산을 반복하며 껍질만 남을 때까지,

사랑은 그렇게 내리내리 유전되고 있다.

봄을 내고 향기를 두른다.

여름을 드리우고 활기를 퍼 올린다.

가을을 두어 넉넉함으로 허락한다.

겨울을 끌어안고 인고로 녹여 강물처럼, 젖줄처럼 흐르게 한다.

여인은 그러하다.

어머니는 그렇다.

삶과 생명의 근원으로 살아가는 여인,

그리고 어머니의 자리에서 한 번 더 숨을 고르다.

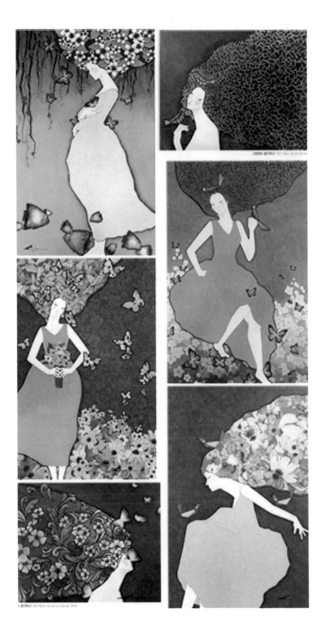

상념과 고독의 바다에 있는 사람들의 모습이다

무슨 이유로 그 바다에 와 있는지 동기는 모두 다를지 모른다.

다만 자신을 찾아 깊이 고개 숙여 집중하는 모습들에서

절망이 아닌 경건한 희망을 느낀다.

개인차와 시간 차는 있을 것이다.

때론 토닥임보다 그냥 두었으면 싶을 때가 있다.

신이 허용한 시간이라고 생각한다.

부정하고 싶어질지도 모르지만,

우린 오롯이 자신이 주인공이라는 걸 알며 살아간다.

오직 나만 정지된 듯한, 때론 매몰당한 듯,

지독한 고독과 아픔으로 가슴 저려본 사람은 안다.

겪어 보지 않은 사람들이 영혼 없이 하는 말처럼 싫었던 그 말,

'아픈 만큼 성숙해진다'는 말에도 이제 점점 동의하게 된다.

어깨가 필요해질 때까지, 때론 그냥 좀 떨어져서 지켜보다.

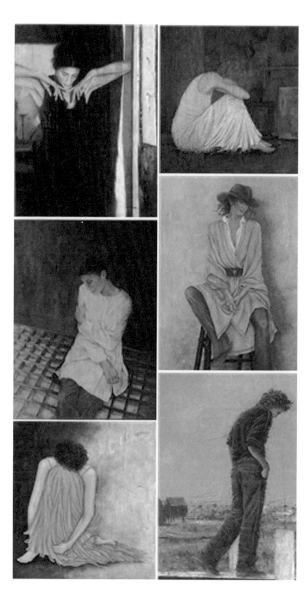

작가의 가을은 온전하다.

가득 차오른 달에 꿈과 희망을 걸어두었고,

자작나무숲에 사랑이 가을처럼 곱게 익어간다.

가을 소나타에 초대한다.

가을 들녘 한가운데 세워놓고 위로한다.

가을은 이별보다 단단하게 영글고 풍요로움의 계절이라고.

태양의 열정을 닮았던 모든 잎이 진 후에도

자작나무는 비로소 더 자작다운 멋이 난다.

적당히 비워낸 그 숲에는 달도 별도 자주 내려올 수 있게 되었다.

그 아래 연인은 여전히 사랑스러움으로 다정하다.

작가는 빈 가을을 얘기하지 않는다.

여전히 아름답고, 풍요롭고 더 깊게 익어가는 삶의 가을을 얘기한다.

더 깊은 사랑으로 만나게 한다.

그래서 나는 작가의 단순하고 비어서 풍요로운 그림이 좋다.

붉게 차오른 달도 생기롭게 볼 수 있게 되었다.

내 오랜 지병에 차도가 생겨

가을 탓이 아닌 덕분이라고 얘기하게 될지도 모른다.

나 가을 소나타에 초대받다.

순수한 아이들을 주제로 하고 있다.

생각과 수작(?)이 모두 보이는,

따뜻하고 순수하게 다가온다.

너무너무 사랑스럽고 귀엽다.

칠판에 문제를 푸는데 골똘한 척은 하지만, 모르는 것 같다.

아이들을 통해 추억과 그 추억을 해석하는 감성이 유머스럽다.

한입을 기대하며, 친구의 먹거리에 집착을 적당히 섞은 부담 주는 눈길,

요구를 보내는 아이와 위협을 느끼는 아이의 심리전 같은 실랑이도

재미있다.

그림 속 아이 중 한 명은 작가 자신이 아닐까?

긍정적이고 행복한 추억을 많이 가지고 있는 것 같다.

동서고금을 막론하고,

비슷비슷한 감성과 추억이 엿보여 미소가 절로 난다.

긍정적이고 유쾌한 관점과 해석,

어둡고 버거운 중에도 그렇게 시대를 위로하며 열어가는 이들이 있다.

'인생은 아름다워' 영화처럼,

그들로 인해 세상은 온기가 남아있고, 밝은 거라고 얘기하고 싶어진다.

그렇게 그렇게 또 내 하루의 지평을 열며.

판텔리스 D. 조그라포스 Pantelis D. Zografos, 1949~

그리스의 하늘빛과 물빛이 닮았다.

어느 해 다녀온 이탈리아 피렌체 골목들을 닮기도 하였다.

대한민국 박성삼 작가 그림과도 닮아 박 작가 생각도 난다.

대대로 화가 집안인 Pantelis D. Zografos의

맑고 투명한 수채화 작품들이 그리스를 가보고 싶게 한다.

물빛 그리움들이 흐른다.

에게해의 맑고 투명한 심성이 그대로 드러나는지도 모른다.

햇살의 축복이 오래도록 그 바다를 행복하게 지켜왔고,

사람들은 또 그렇게 아름다운 풍경을 만들고,

그렇게 풍경이 되어 살아간다.

그리스의 역사가 무겁지 않게 사람들 속에 스미어 있는 듯하다.

거리와 사람들 그리고 바다와 하늘 문화유적지들이

잔잔하게 소통하며 살아가는 것 같다.

언젠가 꼭 한 번은 그곳의 풍경이 되어 걷고 싶어진다.

눅눅해진 영혼을 뽀송뽀송하게 만들어주는 것 같은 수채화다.

이 절기에 흐르는 것이 빗물만이 아닌 날에 서다.

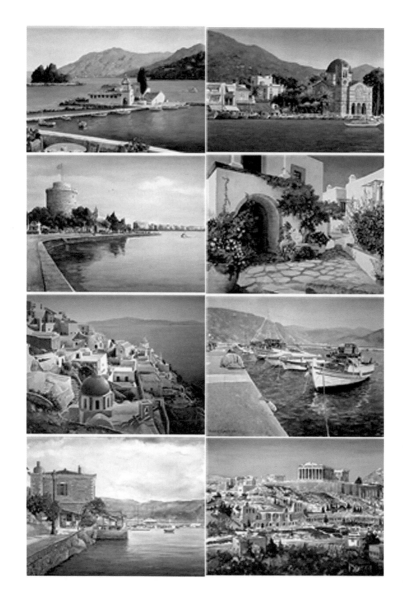

불가리아 마리안나 칼라체바 Mariana Kalacheva, 1977~

그녀를 만나고 싶다.
고양이와 여인들,
너울,
절반의 조각 사과,
그리고 알 수 없는 도형 조각들의 배열이 무얼 얘기하는 것인지
묻고 싶다.

고양이를 더하여 주로 인물의 아름다움을 표현하는 작가,
파스텔화의 대가 장바티스트 페로노Jean Baptiste Perronneau, 1715~1783가
생각나는 작품이다.
고양이는 인간과 말은 통하지 않으나
함께 있는 것만으로도 좋은 애완동물로 길러지고 있다.
고양이는 많은 현대인의 내면에 공감과 위안을 주는
감정의 동반자가 되었다.
여인과 고양이의 공통점이 있다.
아름답고, 사랑스럽고, 고혹적인 자태와 매혹적이면서
영리한 눈빛과 애교스러움,
그러면서 결코 길들어질 듯 길들어지지 않는다는 점이다.
다른 애완동물과 달리 고양이는 무의식적으로 주인이
자신의 의도를 따르게 한다는 점이다.

절반의 사과조각과 남녀의 그림에서 문득 구스타프 생각이 난다.
아담과 이브 그리고 사과,

죄가 죄로 보이지 않는 순간들,

율법과 때로 규범과 진리에 역행하고 싶은 슬픈 인간의 죄성과 굴레가

생각나기도 한다.

너울…… 그건 인간의 운명일지도 모른다.

……

오늘 나는 유독 이 작가 얘기가 듣고 싶어진다.

한국적 회한, 정체성을 닮은 꽃 작품이다.

동백의 붉은 눈물이 낭자하다.

무엇이 그리 가슴 미어지는지,

상사화 각혈이 아프다.

매화와 이화의 옥빛 흐느낌도 슬프다.

달빛 눈썹은 이미 하얗게 바래버렸다,

그리움이 산 되었나 보다.

동백, 진달래, 매화,

배꽃, 쪽빛 달개비꽃, 찔레꽃, 오동꽃, 망초꽃, 쑥부쟁이.

사철 두고두고 삭힌 그리움과 눈물들이 지천에 꽃이 되었는지 애달프다.

모두에게 목화솜 꽃 같은 어머니의 위로가 간절하다.

이 땅의 모든 숭고한 삶에 사철 화사함으로 그리운 소식이 왔으면 좋겠다.

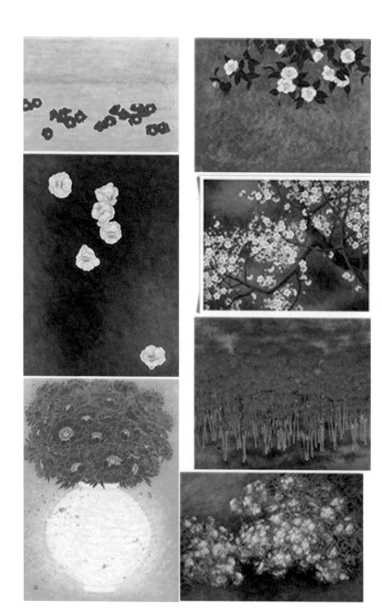

주로 점과 선, 여백으로 이루어진 작품들이다.
철학을 전공한 작가의 작품세계가 깊다.
점하나가 만나고 이어지면서 시공간이 된다.

작가는 자신의 회화 작품에 대해 이렇게 얘기한다.
"동양에서는 예전부터 우주가 점에서 시작해서
점에서 끝난다는 생각이 있다.
내 작품에서도 시간성을 나타내는 작업이 정형화되는 과정에서
극단적으로 점 하나나 둘로 정리돼 공간성,
여백의 울림으로 나타난 것으로 볼 수 있다."

그러하다.
하나의 원인과 인연이 만들어 내는 영향과 파급효과는 실로 엄청나다.
그 점을 따라,
선을 따라 수도 없는 시공간이 창조된다는 생각에 스스로 숙연해진다.
점 하나에 시간과 점 하나에,
영혼의 숨 불어넣는 작업으로 작품이 탄생한다.
작가의 의도는 모두 알 수 없다.
다만 영원을 갈망하는 시공간의 이어짐에 홀로 유영해 본다.
삶의 점을 찍는다.

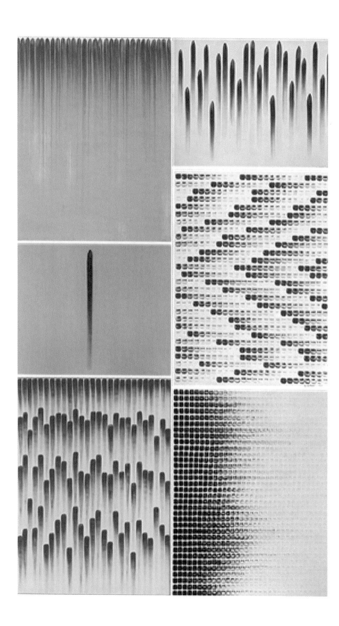

한국미의 백미로 꼽히는 달항아리를 크리스털과

자개로 표현한 작품들이다.

달항아리는 화려하지 않은 소박함과 푸근하고,

넉넉한 어머니의 이미지다.

백의민족이었던 대한민국을 상징하기도 한다.

밤의 달빛같이 칠흑을 밝혀 주는 희망인 듯하다.

풍요로움과 편안함을 준다.

오랜 침묵과 인내가 생명으로의 아름다운 변태를 보여주고 있다.

조개껍데기에 불과했을 자개를 재탄생의 소재로 쓴 것도 미루어 짐작건대,

충분한 의도를 담지 않았을까 싶다.

스스로 흐르듯 다채로운 윤슬이 곱다.

어찌 보면 넉넉히 수용하듯 담아내는 것 같기도 하고,

또 어찌 보면 오래 두어 삭힌 깊은 맛과 향기를 누리에 퍼내는 듯도 하다.

조반 물린 규수의 찻상 같기도 하고, 경대 위에 조아려 두었는데도,

필시 향내를 어쩌지 못하는 봄을 닮은 분통 같기도 하다.

봄은,

생명은 넉넉한 달항아리로 온다.

기다린 봄이 그렇게 때가 되니 흐르고 흐른다.

삶의 봄을 축복하며.

가녀린 나무 굵기에 비해 초록의 풍성한 나뭇잎이 인상적이다.

가녀림에도 건강한 인상을 준다.

건강하고 안녕한 나무는 사랑과 평안과 자유의 안부를 전하며,

건강한 성장을 축복한다.

꽃을 피우고 열맬 달고, 깃들어 쉴 수 있는 가정 같은 곳이다.

나무가 주는 에너지는 삶의 근원이다.

산소 같은 나무,

초여름 아침 하늘의 안색을 닮은 나무,

그곳에 계절이 깃들고, 세월이 깃들며,

풍상도, 한낮의 태양도, 밤의 달빛도,

새들의 고단한 날개와 별들의 고민도 담아낼 것이다.

새김질하고 삭혀 고운 기운으로 다시 내기까지 가는 비위가

점점 발달할 것이다.

되려 힘이었다고,

작가의 나무는 사철 푸른 배경이 되어 준다.

산 넘어 산, 고단한 일상을 묵묵히 견뎌내도

별반 다르지도, 특별하지도 않은 평범한 인생에 위로다.

그 삶들이 이 땅을 푸르게 푸르게 한다고,

기름진 말보다 좋다.

노르만 록웰 Norman rockwell, 1894~1978

작가는 미국인들이 너무나도 사랑하는 일러스트레이터다.

동시를 보는 것 같다.

경험담 같은 작품이다. 작가의 어린 시절 아닐까?

그림마다의 표정과 이야기가 가득하다.

익살스럽고 재미가 있다.

블랙코미디 같은 해학도 담겨 있고,

꼬마들의 표정 하나하나 호기심과 일탈마저도 귀엽다.

꼬마 아가씨 꽃단장, 그런 스타일은 처음인가 보다.

예뻐지는 자기 모습에 놀라는 모습이 여간 사랑스럽다.

수영하지 말라는 곳에서 수영하다 들켜 줄행랑을 치는 녀석들의 표정,

덩달아 뛰고 있는 다리 짧은 강아지는 곧 돌아가실 지경이다.

기타까지 들고 사뭇 진지하게 음을 다스리고

있는 오빠의 노랫소리에 귀를 막고 있는 여동생의 모습,

몰래 어른 흉내 내며 담배를 피우다 혼났나 보다.

머리도 아프고, 어지럽고, 게다가 반성문까지……

사내아이 둘이 또래 여자아이한테 구슬치기로 다 털린 모양이다.

무릎까지 모아 꿇고는 '제발 그것만은' 하는 표정과 아랑곳없이

끝까지 구슬을 향해 전념하는,

야멸찬 여자아이의 표정이 대비되어 재미있다.

부드러운 바람이 부는 나무 그늘에 앉아 시원 음료를 마신 것 같다.

조금 떨어져서 보면 사랑스럽다.

내가 만나는 아이들에게 조금 더 넉넉하게 시선을 아끼지 말아야겠다.
그리고 또 모든 상황 속에서 조금만 더 릴렉스,
오늘은 운동화를 신어야겠다.

모네가 살던 사랑하는 지베르니Giverny의 겨울 풍경들이다.

그곳은 집이자 작업실이었다.

40대 초반 그곳에 정착하여 죽기 전까지 작품 활동하며 보낸 곳이다.

작가는 헤세처럼 소소한 일상과

신이 주신 자연을 사랑한 사람이었던 것 같다.

그래서 그는 '빛의 작가'라고 할 만큼 자연의 빛을 사랑했다.

사물과 풍경은 같은데, 빛에 따라 다른 그것들을 즐겼다.

깊은 겨울의 빛을 만난다.

제일 변화가 적은 것 같은 계절 겨울,

변함이 없는 것은, 변화가 없는 것과 다르다.

변함없는 것은, 변화 없는 것이 아니고, 사랑하는 것이다.

날마다 새로움을 볼 줄 아는 그는 진정한 고수다.

삶의 계절에 날마다 예인으로.

작가는 '우리는 무엇을 보는가?'라는 화두를 던진다.

사물을 보는 것도 타인을 바라보는 것도 '자기'라는 프리즘을 통해서다.

결국은 진정한 '봄'이 자신을 향하도록 하는 것 같다.

내면의 자기를 보게 한다.

모두 자기로부터 출발하기 때문이다.

내 안의 에너지와 사랑과 관심은 무엇인가?

어디에 가장 많이 소진하고 있는가?

어디를 향해 있으며, 충전 방식은 무엇인가 너무 중요하다.

그런데 생각보다 많은 사람이 자신을 보지 못한다.

행여 본다고 하더라도 어쩔 도리를 알지 못하는 경우도 많다.

갑갑함과 어쩔 도리를 모르는 것은 결국 같은 것이다.

안타깝게 사람들은 착각한다.

보는 것으로 자신을 구원까지 할 수 있다고,

조금 조심스런 삶의 행보를 구원받음으로,

스스로 구원을 위해 많은 시간을 고행에 가깝게 쓴다.

여전히 해결되지 않은 방황하는 눈빛과 피로감은 감출 수 없다.

많은 시간을 들여 헤매 온 영혼의 눈빛이 안쓰럽다.

기도 제목이 된다.

주로 촌 소년과 촌 소녀를 그리던 작가의 풍경화인데,

이 또한 너무 좋다.

아슴아슴한 어릴 적 고향의 논과 밭의 전경들이다.

계절이 그렇게 예쁘게 다녀갔었다.

산수유와 진달래꽃 향기와 고향의 흙냄새가 나는 것만 같다.

그림들이 맛있다.

고향의 논이며 밭에 지천이던 들풀들조차 그립다.

동구 밖까지 이어지던 미루나무 길은 가물가물했는데,

기억의 저편에서 금세 살아난다.

소금을 뿌린 듯한 메밀밭을 보니,

작가의 고향은 강원도 산골 어디쯤인가 보다.

감사하다.

이렇게 맛있는 그림을 볼 수 있어서……

그리움으로 몸살을 앓을지도 모르겠다.

그래도 좋다.

고팠던 그리움들을 앓아내야지.

2부

조우, 나를 만나다

에드워드 호퍼 Edward Hopper, 1882~1967

고요 속에 묵직함까지 더해지는 느낌이다.

원초적 우울감이 소환될 것만 같다.

큰 건물에 사람이 훨씬 더 작게 보이도록 의도한 구도다.

텅 빈 도시 언제나 혼자인 사람,

때론 누군가와 함께 있어도 혼자인 사람들,

현대를 살아가는 우리의 자화상이다.

치열하게 살아가다 문득 찾아오는 공허,

많은 사람 속에서 느끼는 고립과 소외가 만성통증처럼 자리를 잡고 있다.

혼자여서 편한, 혼자여서 자유로운 것도 있다.

하지만 한계가 있음을 고백하게 된다.

모든 소리를 먹어 치우는 적막과도 더러 싸워야 하며,

공포에 가까운 지독한 외로움을 수용해야만 한다.

그래서 우린 가끔이라도 함께 해야 한다.

때론 의도적으로 연습해 두어야 한다.

양보하는 습관과 함께 살아가는 불편들을……

오스트리아 **에곤 실레** Egon Schiele, 1890~1918

구스타프 클림트의 제자로도 유명하다.

그래서일까 클림트의 이미지가 느껴지기도 한다.

무지함에서 오는 것인지 모르겠지만,

나는 실레 그림에서 때로 고흐를 만난다.

공포와 불안에 떨며 흔들리는 인간의 육체 묘사가 그렇게 보인다.

고독이 점령한 고흐와 고독의 질은 다를지 모르지만,

그림에 고통을 갈아 넣은 점과 그의 자화상이 닮아 있다.

정체성 혼란과 정신분열증적 천재성까지…….

실레의 작품에는 고독을 성적 욕망으로 상쇄시켜 표현한

고독의 융합체가 인간의 육체로 묘사된다.

불안정한 육체들, 세상 한가운데 처절하게 서 있는 영혼의 낡은 집 같다.

그가 정신을 끝까지 잘 잡을 수 있었으면 좋았을 텐데 안타깝다.

도덕. 윤리적 선을 넘은 기괴하고,

외설적 행위로 빌미가 된 것이 또 그렇다.

선악과를 탐했던 인간의 DNA는 슬프다.

자신을 허무는 자아를 관조하는 것은 지독한 경험이다.

슬픈 그림 앞에 신의 긍휼과 선처를 빈다.

오스트리아 **구스타프 클림트** Gustav Klimt, 1862~1918

산호, 자개, 유리 등 값비싼 재료로
화려한 '키스' 같은 노골적이고 에로티시즘적 작품이 더 유명하지만,
나는 그의 타일 조각 뒷면 같은 전혀 다른 느낌의 그림,
인상주의적 점묘 기법을 사용한 풍경화를 더 애정한다.
그의 작품 '생명의 나무'보다는 '사과나무'를
더 좋아하는 것도 같은 이유다.

9월 중순 오후 네 시쯤의 해를 바라보는 나와,
언덕과 구스타프 클림트 Gustav Klimt
풍경화의 나무 한 그루와 닮았다는 것과,
그 시간과 계절과 나이만큼의 햇살과 빛깔과 삶을 생각했다.
쓸쓸하고 마른 그림자만큼 은근히 조악하게 삶을 살아가고 있는,
나를 또 보게 된 것이다.
너무 많은 기회를 소모시키지 말라고 공갈도 치고 타일렀다.
별반 달라지지 않을지 모르지만,
다시 또 다짐하고 두 손 드는 심정으로 그림을 천천히 삼켰다.

스페인 **저먼 아라실** German Aracil, 1965~

섬세하게 다룬 천의 실루엣과 여인들 뒷모습과 와상에 끌린다.
각기 다른 형편과 사정 담은 영혼의 그릇처럼 보이기도 한다.
자꾸 뒤돌아보게 된다.
몸매나 육체적 선의 끌림과 다른 감정이입 같다.

내 모습인지 모른다.
좀 늙고 싶은,
아직은 보고 싶지 않은,

돌아보고 싶지 않았다.
누군가와 마주하는 것이 부담스러웠다.
나를 만나는 것도 썩 유쾌하지 않았다.
눈물이 날지도 모를 일이고 두려웠다,
갈 길이 먼데 기운을 빼게 될지 모를 일이라고 생각했다.
누군가 시키지 않은 바쁨을 이고 사는 나는,
몸의 요구에 죄책감이 들었다.
나를 안아주는 것이 여전히 어색하다.
상황과 형편에 맞추며 살다가 길들어진 것일까?
누가 시키지도 않았는데 말이다.
아마도 누군가 '바보'라고 콕 찌르면 와락 눈물이 날 것 같다.
진짜 바보라서…….

마음 닮은 그림을 만난다.

동경과 연민, 위로와 격려, 지지를 보내며
고스란히 바보스러움을 내려놓고 나왔다.
마주하길 작정해 본다.
까무러칠 용기가 필요할지도 모른다.
스스로 사랑하지 않고 고픈 사람은 연민을 앓는다.
마주할 용기를 내며.

도리나 코스트라 Dorina Costras, 1967~

디자이너이면서 미술 교사인 작가의 그림은 몽환적이면서 섬세하다.

인류의 조상 아담과 하와 생각이 났다.

신이 되고자 했던 무모한 욕망에 사로잡혀

신과의 약속과 규칙을 깬 빨간 사과가 심장에 박힌다.

유혹이라 핑계하며 인류는 지금도

전가성 DNA를 가지고 살아갈 때 많다.

본능을 장착한 인간에게 얼마나 위험한지 모를 일이다.

사람은 이따금 스스로 고립시키고는 한다.

자발적 고립, 고의적 슬픔을 선택하는 것이다.

여전히 너무 많은 에너지를 사용한다.

그렇게 자신을 집중적으로 대면할 시간도 필요하다.

원죄를 드리운 자아, 신의 대가 지불은 여전히 헐값이 된다.

메이크업 지운, 페르소나를 장착하지 않은 나를 바라본다.

때론 너무 슬프고,

때론 내 욕망에 타인을 여길 겨를은 없기도 했다.

추하고 부끄럽고 화도 난다.

온갖 절망과 불안으로 오래 앓는다.

하지만 이런 작업은 필요하다.

잦은 실패를 두려워하지 않았으면 좋겠다.

누구나 삶은 처음이니까.

누구 것이 특별히 더 옳거나 정답도 없으니까.

저문다고 느끼는 날에.

박 태 1964~

미국의 플로리다 에디슨 갤러리와 페블 비치 뉴 매스터즈 갤러리
전속 화가로 활동한다.
2012년 고향 경주로 돌아오기 전까지 샌프란시스코의
Academy of Art University 대학과 대학원에서 미술 실기와 이론을
가르치기도 했다.

그녀의 그림에는 그리움과 고독이 젖어 흐른다.
온기가 필요해 보인다.
얼마 남지 않은 온기와 비 오는 눅눅한 저녁이
절반쯤은 삼켜버린 빛을 단속해야 할 것 같다.
비 오는 저녁을 썩 좋아하지 않지만,
작가가 바라본 시선을 따라 동행하고 있다.
내 안 어느 곳쯤에 공감하고 있는 내가 있다는 증거다.

무리 속에서도 혼자임을 느낄 때가 있다.
그래서 외롭고,
또 그래서 실은 삶이란 온기와 사랑을 찾아 헤매는 것일지도 모른다.
깊은 고독으로 젖은 밤이 지나고,
쾌청한 아침 새소리 들을 수 있기를 기도하며,
정성스럽게 내린 차 한잔 권한다.
내 영혼에도 함께 음악 들려주며 온기를 더해 주고 싶은 날에.

작가의 작품을 보면서 처음엔 비움과 절제가 과하다고 생각했다.

그러면서도 자꾸 눈이 갔다.

'뭐지? 이 느낌' 했다.

쓰다.

아리다.

외롭다.

이것은 알아주지 않아도 힘들고, 아는 척해도 부담될 때가 있다.

어쩌나, 예민한 경계선……

우린 모두 각자 너무 바쁘다.

우린 진심 어린 관계에 소원하고 서툴다.

막사발과 달항아리를 보면서 느끼는 양가감정처럼,

커다란 볼륨에서 우러나오는 넉넉함 그리고 열등감,

막사발과 항아리 속에 기형적이리만치 과한

절제와 비움은 처절하기도 하다가

사치스럽게 보이기도 했다.

삶을 살아가면서 여러 가지 과도한 해석에

스스로 상처받으며 매몰되기도 한다.

수용적이지도, 공감 어리지 못한 한계와 현주소에 우리는 방황하고 있다.

넉넉한 비움과 자유를 꿈꾸며.

작가의 그림은 늘 색감에서 반한다.

이모티콘으로도 사용하며 애정한다.

그의 그림은 늘 봄이다.

그래서 더 좋다.

맘의 어두운 구석을 살펴 주는 원색의 다룸이 명쾌하다.

밝은 색감은 이미 치유다.

인정함이다.

수용이다.

열림이다.

유화의 질감을 잊게 한다.

단순한 선과 표정이 복잡한 마음을 쓰다듬어 주기도 한다.

참 좋다.

그림 속 인물들의 쪽 찢어진 눈이 밉지 않다.

오히려 정감 있고 사랑스럽다.

분명한 정체성에 대한 자존감을 준다.

잘 갖추어 입고 다소곳한 태도는 늘 진지하다.

깊은 그리움을 가진 듯 외로워 보인다

하지만 빈 가슴을 차곡차곡 스스로 읽어주듯

삶을 대하고 있는 모습이 좋다.

작가의 그림은 나에게 오후 세 시 같다.

할머니들의 유쾌한 얼굴이 참 좋다.

하루하루가 축복이며, 행복하고 즐거움과 감사로 가득 차 있다.

심지어 여간 귀엽기까지 하다.

무엇이 그리 즐거울까, 동석하고 싶어진다.

부럽기도 하고, 그림 속 모델들처럼,

유쾌한 노년의 삶을 살고 싶게 만든다.

그림마다 거의 등장하는 할머니의 갈색 가방,

'그 의미는 무엇일까?

그곳에 무엇이 들어 있을까?' 궁금했다.

가끔 열어 그곳에 무엇인가 담겨지면 더할 나위 없이 족한 표정이다.

함께 나누며, 즐기는 친구가 있고,

작은 손가방 하나 정도의 가벼운 소유와 여유 정도면

족한 삶을 얘기하고 있는 것일까?

그러고 보니 내 삶의 욕심은 너무 크고 무겁게 느껴진다.

줄이고, 비우고,

필요한 만큼만 담을 때, 행복한 것이 진리인가 보다.

귀여운 할머니들 모습은 동경이다.

그림을 보고만 있어도 행복해진다.

기도 제목 하나 추가하다.

빌헬름 함메르쇼이 Vilhelm Hammershøi, 1864~1916

뒷모습이 슬프다.
쓸쓸해 뵈고 안타깝게도 보인다.
가구처럼 느껴지게 만들던 산후우울증이 지병처럼 스멀거리며,
삶을 통째로 흔들던 기억이 떠올랐다.
눈 부신 햇살의 재촉이 성가신 아침,
두꺼운 암막 커튼을 성벽처럼 치고
햇살이 한 치도 비집고 들어오지 못하도록 했다.
철통같이 냉담했고, 계절이 기억나지 않았었다.

텅 빈 공간이 왜 그리 커 보였는지?
작가는 어머니와 아내의 쓸쓸함에 대하여,
자유로움을 담보한 삶의 굴레를 숭고하게 위로하고 있는 것 같다.
앞모습을 볼 면목도, 마주하고 위로해 줄 자신이 없었을까?
어쩌면 침묵을 깨지 않고 그냥 두고 싶었을지도 모르는 일이다.
사람은 스스로 또는
신이 허락한 가치와 문화와 질서의 범위 안에서 살아가고 있다.
작가처럼 각자의 모양으로, 서로를 보듬어 줄 수 있는 가슴이 필요하다.
그래야 비로소 우리는 서로 아름다워진다.
모처럼 고즈넉해질 수 있겠다.
뒷모습이 아름다워지기 위하여.

케테 콜비츠 Kathe Kollwitz, 1867~1945

미술의 역할을 사회 속으로 끌어들인 민중 작가로
뜨겁게 살다간 작가다.
아름다운 것만이 예술이 아니라는 아름다움의 기준을
새롭게 제시하고 있다.
하루하루 살아내는 치열함이 생명인 작품들이다.
흑백의 대비와 20세기 전반의 격동적 분위기와 맞아떨어진다.
우리나라도 80년대 엄청난 격변의 소용돌이가 있었다.
그때 많이 보았던 걸개그림, 데모 분위기, 민중화가 생각났다.
이것 아니면 죽음이라는 무채색의 강한 메시지가 어둡지만 강하다.
누군가 자신의 달란트로 사람에 대한 차별 없는,
신의 안목을 가진다는 것이 귀하게 여겨진다.

게으른 이들의 파렴치와 열등감이 모여
성실히 땀 흘리며 살아가는 이들을 기만하는 것이라고 더러 오해했었다.
'함께, 더불어'라는 개념을 오히려 훼손하고,
유린당한 가슴처럼 손상된 듯도 했다.
구조적인 문제, 분배의 문제, 정치적인 것으로만
치부해 둔 방임이 있었던 것 같다. 부끄러웠다.
사람을 대하는 일을 하면서,
현재 일을 하면서, 혹시 나의 전문성이나 능력을
더 드러내고 연마하는데 훨씬 더 신경을 쓰며,
기만하며 살아온 것은 아닌지 돌아보게 했다.
여전히 너무 강하고 못된 자아를 보던 날에 가슴을 후비는 그림들이었다.

종일 그런 마음이 가슴을 훑어내렸다.

서늘했다. 다리에 힘도 빠졌다.

왜곡된 열등감과 진배없는 교묘한 이기와 교만이 두렵다.

사도바울의 참회를 아주 조금 알 것 같은 날에.

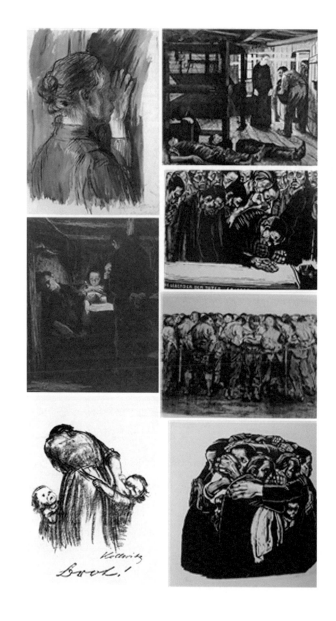

더운 날씨에도 따뜻함이 허용되는 작품이다.

동화처럼 맑고 순수하다.

담백하다.

단순한 선과 색감 속에 철학이 있다.

절제와 경쾌함 사이에 잔잔한 삶의 메시지가 흐른다.

너무 많은 아픔과 슬픔일까?

아니면 할 얘기가 많아 단순화시킨 걸까?

소중한 시간의 응집일 것 같다.

존중받고 배려받은 것 같다.

교훈을 주는 따뜻함이 있는, 선생님 같은 작품이다.

나와,

내 가족과,

부모님의 삶,

보편적 가치관을 가진 그냥 보통 사람들 이야기,

사랑하는 사람들의 따뜻하고 소박한 꿈이 고스란히 담겼다.

살아가다 보면 얼마나 많은 사연이 있겠는가?

그림처럼 아프고 슬픈 것들을 뭉치고 모아

소중한 것만 그려 내고 간직해 두자.

그중 가장 행복한 색깔을 입혀서……

그림 참 좋다.

현대 여성의 모습을 일본의 전통적인 페인팅인 니혼가Nihonga 페인팅
기법을 접목한 작품들이다.
훨씬 더 부드럽고 깊은 분위기를 만들어주고 있다.
강한 현대 여성의 이미지와 힘을 니혼가Nihonga 페인팅 특유의
톤으로 살짝 빼고 눌러주어 편안함을 준다.
역동적인 21세기 현대 여성의 모습이다.
그러나 여전히 더딘 인식의 변화,
구조적인 차별에서 오는 무게와 피로감을 알아차려 주고 있는 그림 같다.
다소 지친 개인적 피로감이 투사된 심리적 관점일 수도 있지만 말이다.

좀 멍하니 앉아있어도 좋고,
그대로 잠들어도 좋다.
그대로 좀 더 푹 쉬어도 좋다고 말해주고 싶다.
가끔 조용히 그러고 싶어질 때가 있다.

봄이 입을 헹구고 있다.
여름과 입맞춤을 준비하나 보다.
나는 아직 봄을 좀 더 잡아두고 싶은데 말이다.

에린 콘 Erin Cone, 1972~

심플하면서 아름답다.

대상을 배치한 구도가 인상적이다.

사실주의 기법에 반추상적인 작품은 마치 패션 포토 그라피 같다.

경직성과 긴장감 에너지가 여성의 바디라인과 결합했다.

그래서 더 균형감 있는 아름다움을 준다.

마치 동양화의 여백과 간결한 선에

군더더기 없는 절제와 생략이 닮았다.

구도와 배치가 주는 이런 극명함이

오히려 시야를 시원하게 하고 가볍게 한다.

그러면서 더 깊은 진지함으로 그림과 그림의 대상물을 탐색하게 한다.

잘 갖춘 균형적 절제와 긴장감이 주는 아름다움이 돋보이는 작품들이다.

머리칼 한 올부터 목선을 타고 흐르는 쓸쓸함은

현대를 살아가는 사람들의 자화상이다.

그리고 에너지이기도 하다.

뒷짐 지고,

조금만 긴장 풀고,

마음의 산책길을 올라 봐야겠다.

먼 옛날 같은 풍경 속 자화상이 속옷을 입고 있다.

곰살맞고 익숙한 추억이 가르마를 타고 흐르다

통증처럼 가슴에 스며들었다.

메이크업 하지 않은 날 것의 진실과 마주한 듯,

연민스러운 것은 왜인지?

살굿빛 6월을 닮은 그리움이 이내 저버리고 만다.

수묵이 주는 느낌이라고 하기엔 물에 푼 석회처럼 마음이 가라앉았다.

불편한 진실과 마주한 듯 감정이 안절부절,

삭아지지 않는 것과 마주친 것이 분명했다.

......

뼈를 훔치는 정월의 바람을 닮았다

과거 구질구질한 처지 소환이 원인이라면

이런저런 애환과 모자람이 없었다면

오늘의 삶은 없었을지 모른다고 타일러 줄 텐데,

어느 그림에서 덜컥 마음이 내려앉은 걸까?

기억과 기억의 중첩,

데자뷰Deja vu,

윤 일병 사건을 주제로 한 작가의 그림에서였다.

......

유독 마음이 이상하다.

너무 아프다.

이 그림들은 다시 읽으러 와야 한다.

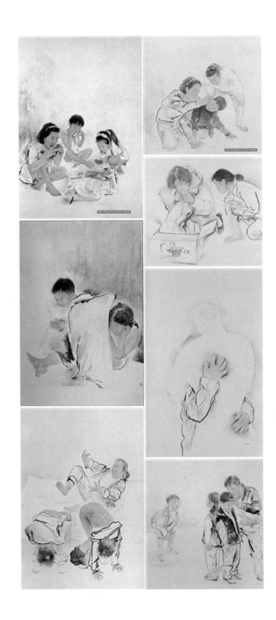

청나라 후기 왕조시대 복식을 한 여인들 그림이다.

단정하게 정돈한 머리칼에 유난히 작은 얼굴과 목선,

무표정한 얼굴,

가늘고 마른 손,

잘 갖춘 듯한 옷과는 대조적인 맨발,

비교적 커 보이는 의상과 앉아있음으로 인해 가늠할 수 있는 것이

그리 많지 않다.

키도, 몸집도······.

전통의 보수와 동시에 개방적인 문물을 받아들였던 청나라,

시대적 특성을 담아낸 것일까?

당시 그런 문화에 가장 예민했을 여인들,

인식과 문화충돌 사이에서 어쩌면 가장 피해가 컸을지도 모른다.

그래서일까, 고급스럽고 좋은 의상에 비해 표정이 없다.

단아하지만 일반적이지 않게

여성으로서는 지나치게 다리를 쩍 벌려 앉은 모습이 있다.

또 권력 있는 왕가나 귀족 가문의 여인일지 모르는데,

단정하면서도 화려한 의상 속 맨발이 눈에 띈다.

답답한 속내를 드러낸 것일까? 한계를 극명하고 있는 것일까?

맨발은 원초적인 정체성일 수도 있고, 욕망과 닮아 있을지 모른다.

발로 숨을 쉬고 있는 것처럼 보이기도 한다.

여전히 여성들에게는 동서고금을 막론한 답답함이 있다.

떨치고 일어서지 못하는 폭력에 가까운 관습과 정서적 규범이
21세기에도 사회적 관행과 의식이 서슬 퍼렇다.
발로 숨을 쉬어야만 하는 것들이 참 많다.
맨발에 오래 시선이 머문다.

영국 위니프레드 니콜슨 Winifred Nicholson, 1893~1981

그림책 작가의 효시로 평가받고 있는
윌리엄 니콜슨Sir William Nicholson, 1872~1949의 며느리이다.
남편은 영국의 추상화가 벤 니콜슨Ben Nicholson, 1894~1982으로 화가 패밀리다.

담백한 느낌을 준다.
화분이 놓인 창가와 그리고 그 창으로 보이는 풍경을 주로 그리고 있다.
달큰한 햇살을 즐기며 코발트 빛 바다를 감상하고 있는 화분들,
서로 다른 환경과 서로 다른 세계, 경계가 주는 묘한 감정이 있다.
동경, 각기 다른 매력, 때론 이질감 등.
한해살이 또는
그리 길지 않을 여린 화초가 심긴 화분이 주는 연민이 있다.
밖의 풍경은 자연의 오묘한 환희로 가득 차 있는 듯하다.

맑은 하늘, 가득한 햇살, 신선한 공기, 부드러운 바람, 순한 달빛.
그 풍경들을 바라보며 노래하는 사랑의 눈빛이 느껴진다.
유명한 시부와 남편의 아내로 살아가고 있는
작가의 자서전일지도 모르겠다.
적절한 동경과 희생은 에너지로 작동되고 또 다른 에너지를 만든다.
누군가의 희생으로 나 여기 존재하며 서 있을 것이다.
그리고 또 다른 삶을 위하여 나 또한 그리해야 할 것이다.
그대 그리고 나.

휘파람과 콧노래가 연신 배어 나올 듯한 동화 같은 작품이다.
작가의 그림을 보며 저마다 방식이나 의미는 좀 다르겠지만,
잠시 다녀가는 삶에 대해 생각해보게 되었다.
천년만년 살아갈 듯 고집스럽게 터를 잡아
'나와바리나わばり' 삼지 말고, 가끔 훌쩍 떠나는 것도 좋겠다.
문득 삶은 소풍이라고 얘기하던 어느 시인의 시가 생각난다.
언제 어디든 훌쩍 떠날 준비가 되어 있는 자동차가 앙증맞다.
어디든 데려다줄 삼원색의 자동차가 만나는 풍경은 동경이다.
자유로움과 삶의 희열 같은 선물이다.

진부한 일상에 하루하루 매여 사는 시계 같은 삶의 로망이다.
옷이 담겨 있을 듯한 트렁크 하나와 우산,
이불 한 채와 주전자, 천막과 낚시도구,
책과 음악을 들을 수 있는 라디오, 여벌의 운동화와 달콤한 과일,
옹색한 듯 보이지만 실은 행복 충분조건들이다.
그러고 보면 우린 너무 많은 걸 더 가지고 싶어 한다.
그래서 훌쩍 떠나는 것이 잘 안 될지도 모른다.
'이제 좀 더 내려놓고 소풍을 다녀볼까' 하는 생각으로 동한다.
신이 허락한 모든 걸 감사하며, 두루 살펴 감격해 보고 싶다.
그래서 어느 시인의 시처럼 '이 세상 사는 동안 모든 게 아름다웠다'고
말할 수 있도록 말이다.
사철 언제든 떠날 수 있고,
계절과 자연 그리고 세상과 교감하는 것은 구도자의 몫만이 아닐 것이다.

자 떠나보자.

부정적 구태와 관습, 낡은 습성과 타성

그리고 스스로의 굴레들로부터 먼저.

구름작가로 유명하다.

구름의 감정일까? 구름이 화장을 한 것 같다.

하늘을 올려보는 것도 잊게 되는 날이 부쩍 잦아지고 있었다.

그런 의식을 하던 날에 만난 그림이다.

그림책처럼 화사하고 포근한 구름 시리즈다.

구름이라는 소재와 그림이 주는 첫인상은 정직하게 말하면 가벼웠다.

가끔 이렇게 그냥 그래도 좋겠다는 생각 정도……

흰색 아니면 검은색의 단조로움에서 조금은 과한 듯,

고정관념을 벗긴 것도 나쁘지 않다는 생각이 들었다.

다양한 구름 빛깔들,

예술가들의 눈과 마음은 역시 남다르다는 생각을 다시금 하게 했다.

느린 듯 예리하고, 고민에 대한 형상화, 영혼을 담고,

몰입하는 그 작업에 대한 인내심이 엄청나다.

빨간 구름, 햇살을 필터링한 듯한 색도 있고, 바다를 닮은 색도 있다.

나뭇잎을 들인 초록빛, 하늘을 담아낸 물빛도 있다.

사랑스런 분홍빛, 피스타치오 민트 등,

작가의 눈에 보아 진 구름 색깔들이다.

보아 진 것은 보는 이의 마음,

구름의 색은 마음의 색이다.

결국 사람들의 마음과 영혼을 담은 깊은 색이다.

내 마음의 구름은 오늘 무슨 색일까?

이제 하늘을 좀 더 자주 보게 될 것 같다.

넓은 시야와 영화 같은 느낌을 주는 그림이다.

인내심 적게 함부로 사물을 뭉뚱그리는 것을 허용하지 않았다.

세밀한 관찰력이 힘인 듯한 구사력이 작품의 퀄리티를 더한다.

작품마다 풍경 속에 여인들을 주인공으로 세웠다.

행여 그녀들은 자신이 관찰되거나

그려지고 있다는 사실을 알기나 했을까?

무심한 듯 길거리 캐스팅된 주인공처럼,

의식하지 못한 것이 더 자연스럽고 아름답다.

다소 을씨년스런 거리에 대비되어 아름다운 풍경이 된다.

햇살 가득한 날이나 불순한 일기에도 아름다운 배경이 된다.

햇살의 감촉과 물빛 축축한 기운이 살갗에 스미는 듯하다.

그렇게 풍경이 되듯 스미어 살아가 보자.

이 세상을 소풍 가듯 다녀가는 이도 있다 하지 않던가,

총총히 좀 더 의연하고 자연스럽게…….

삶의 갤러리에 서다.

창밖에서 바라본 시선과 안에서 창밖을 바라본

두 개의 시선이 느껴지는 작품이다.

안과 밖, 정물과 풍경, 나와 타인, 현상과 본질, 삶과 죽음,

서로 다른 위치, 서로 다른 관점, 서로 다른 환경,

작가가 얘기하고 싶은 건 뭘까?

화병이 자아라면 안에서 창을 통해 마주하는 풍경,

곧 어떤 상황이나 현실의 고요와 객관적인 안정감,

밖의 현실과 섞일 필요 없는 이성적 시크함과 관조가 주는 차가움,

밖에서 창 안의 화병을 바라볼 때의 동경 아니면 연민.

창이 주는 것은 거리감일 수도 있고 안정감일 수도 있다.

인간에게 이분화될 수도 있고 또 그렇지 않을 수도 있다.

때로는 필터링이나 보호막으로 작동하고,

때론 서로 다른 동경이 되기도 한다.

밖은 비가 오고 바람이 분다.

칠흑과 같은 밤도 있고, 추위와 더위가 있다.

소란과 소요도 있다.

맑은 공기와 시원한 바람, 꽃향기와 새소리도 있다.

누군가는 하늘이 무너지는 경험으로 아픈데,

우린 창 넘어 다른 바람처럼 일상적 지각을 한다.

창 안과 밖은 서로 다른 풍경이다.

나는 너를 보고,

너는 나를 본다.

그렇게 항상 서로 다른 바람이 분다.

깊다. 이 그림…….

정물인 나와 풍경인 나를 만나다.

선인장을 모티브 한 것이 매우 인상적이다.

개인적으로 자이언트 선인장을 매우 좋아해서

작가의 모티브가 반갑고 궁금했다.

선인장이 특별하게 다가온다.

작렬하는 사막 녹록지 않은 그곳에 깊이깊이 뿌리를 내린다.

사막에서 힘든 건 뜨겁게 달구는 태양과 극단적인 밤의 태도만이 아니다.

호시탐탐 많은 것들로부터의 상처로 트라우마가 깊다.

오랜 침묵,

자기방어적인 가시,

선인장의 꽃은 누구에게 보이기 위한 꽃이라기보다

자기 자신을 위한 승리의 화관으로 여겨진다.

태양의 독한 담금질과 바람의 매질,

수많은 모진 밤들을 견디며 각혈하듯 꽃을 피운다.

작가의 선인장은 오히려 고독한 사막에 위로가 된다.

생명이라고는 도무지 키워낼 수 없을 것만 같은 조울증의 땅,

저변에 생명의 근원이 흐르는 죽음의 땅이 아닌

생명을 길러낼 수 있는 땅이라고 증언해 주는 전도자 같다.

사막에서 유일하게 수분을 머금은 존재,

쏟아지는 별들이 거름이 되어 준다.

별 거름을 먹은 선인장에 꽃이 피었다.

등대에 불이 들어왔다.

사막의 치명적인 어둠과 모래 풍랑으로 수많은 언덕과 길이

수시로 사라지고 새로 들어서기도 한다.

변화무쌍한 그곳에서 하마터면 길을 잃기 십상이다.

선인장은 그곳에서 등대다.

스스로 트라우마를 극복하고,

이제 되려 세상이라는 사막을 향해 긍정의 메시지를 전하고 있다.

응집된 열정, 치명적인 색감으로 춤을 춘다.

노래를 부른다.

……

우유니 사막의 선인장 섬에 가고 싶다.

베트남 도 두이 투 안 Do Duy Tu an, 1954~

아오자이의 여인들이 정적이면서도 매우 서구적인 느낌을 준다.

하얀 얼굴, 가는 턱선,

넋을 놓고 오래 누군가를 기다려 온 것 같다.

수도 없는 밤이 가고 또 채워지지 않은 초승달을 두고 있다.

그 빈 달이 다 차기까지 기다리는 누군가가 당도하면 좋겠다는 감정이

전이된다.

가늘게 남은 희망,

꺼지지 않은 달의 모습은 연꽃을 들고 있는 여인들의 모습과 닮아 있다.

연꽃, 태양을 낳는 꽃이다.

진흙 바닥에 묻혀 1,300여 년 만에 씨앗이 발아되기도 하는

강한 생명력을 지닌 연은

'희망'이라는 축복의 메시지를 담아낸 듯하다.

가는 실 달이지만, 그래도 달이다.

언제가 다시 차오르면 휘영청 밝은 빛을 낼 것이다.

기다리는 이가 오게 되면 생기로운 미소 꽃이 필 것이다.

700여 년 만에 꽃을 피운 아라홍련처럼,

내 마음에도 선한 생명력이 피어나기를 기도하다.

사람들은 누구나 삶의 고뇌와 무게들을

자기만의 방식으로 정리하고 보관한다.

소진되고 고갈된 것들을 충전하는 방식도 그러하다.

머리에 바다가 생기고,

가슴에 구멍이 나고, 화기가 오르기도 한다.

그리고 동굴이 든다.

아이들이 삶을 읽는다.

본다.

알아 간다.

오래오래 천진하길 기도했는데…….

묻는다.

삶이 공평한 거 맞냐고,

노력하면 정말 되느냐고,

엄마의 축복이 무겁다.

가슴에 이는 바람들과 먹먹하면 들을 어쩌면 좋을까?

고카페인 음료를 마시며 뛰는 아이의 꿈을 대신 꿀 수는 없고,

구멍 난 가방을 깁느라 정신이 없었다.

어제 한 말을 오늘 처음 한 말처럼 다루며, 가슴이 무너진다.

허수아비처럼 처진 아이들의 무게를 도닥일 방안이

도무지 생각나지 않을 때도 있다.

아이들은 또 그렇게 자기들만의 방식으로 삶을 용서한다.

그리고 충전한다.

엄마의 축복을 믿으며…….

동서양적 감성이 모두 담긴 듯한 느낌이다.

색채의 미학, 오묘한 색감이 진수다.

화병의 단조로움을 깊은 색채로 보완한다.

화병에 비견한 꽃과 여백의 미가 그렇다.

절묘한 이야기처럼 재미있고 여유로워 좋다.

한 점 소장하고 싶은 작가다.

달궈진 마음 받아 식혀낸 화병들이 주인공 같은 그림,

여름과 가을로 넘어가는 지점 같은 그림이다.

오밤중 홀로 지샌 불면과 뜬금없는 열기와 한기 사이를 변덕스럽게 오간,

갱년기 같은 여름을 무던히 보내고, 잘 익어가는 오미자 같다.

넉넉한 화병에 안긴 꽃들이 다소곳하게 안부를 건네오는 것만 같은

그림이다.

그대 평안하냐고,

그대 진정 안녕하냐고,

글쎄…… 뭐라고 대답해야 하나,

아, 어쩌지.

뒷모습이 꽃지다.

그냥 그림처럼, 영화처럼, 그냥 그랬으면 좋겠다.

뒷모습조차도 아름다운…….

꽃진 뒷모습에서 향기가 담뿍 느껴진다.

꿈들과 사랑이 피었다.

색감도 다채롭고 소담한 꽃송이들이 화려하면서도 정갈하다.

그녀들 모습이 꽃인 듯 예쁘다.

삶의 이야기들도 화사할 것만 같다.

릴케의 시가 생각났다.

부디 오래오래 꽃지길 바라다.

-라이너 마리아 릴케, 「인생」

인생을 꼭 이해해야 할 필요는 없다

인생은 축제와 같은 것

하루하루를 일어나는 그대로 맞이하라

길을 걷는 아이가 흩날려 오는

꽃잎들을 선물로 받아들이듯

꽃잎을 모아 간직하는 일을

아이는 생각하지 않는다

머리카락에 즐거이 놓인 꽃잎들을

살며시 떼어 내고

사랑스러운 젊은 시절을 향하며

새로운 꽃잎으로 손을 내밀 뿐.

스페인 니콜레타 토마스 카라비아 Nicoletta Tomas Caravia

창과 문틈으로 보이는 여인의 모습이다.

작은 문과 틈으로 보이는 얼굴 모습과 감정이 다양하다.

작가는 이 여인들을 통해서 인간의 삶을 얘기하고 있는 것 같다.

사랑과 기쁨, 고독과 시름, 그리움과 기다림, 아픔과 슬픔, 사색

그리고 기도,

사랑스러움도, 외로움도, 연민도 느껴진다.

그러면서도 눈빛에는 진지한 탐색과

부드러운 호기심과 관심이 엿보인다.

미소와 함께 나지막한 인사를 건네주고 싶다.

그러다 문득 내가 그녀를 보고 있는지,

그녀가 나를 보고 있는 건지 헷갈리는 경험을 했다.

그녀가 나를 보고 느끼는 감정을 건네받고 있는 것은 아닌지?

문틈과 창문 너머,

사람은 대부분 어느 정도의 경계와 방어적, 회피 성향이 있다.

어떤 불안으로부터 스스로 보호하기 위해 각기 다르게 나타날 수 있다.

와인의 의미는 뭘까?

신의 음료,

삶의 고통을 치유해 주는 동반자 같은 치료제일 수도 있다.

슬픔을 위로해 주고 외로움도 덜어 준다.

온기 부족한 몸을 따뜻하게 데워주기도 하고, 때론 용기도 만들어 준다.

삶의 피로감을 덜어 주고, 회복시켜 주며 지탱시켜 주는 보약이다.

촉매제, 윤활유가 되기도 하는 각자의 포도주잔이

손에 들려 있을 것이다.

마음의 창, 영혼의 창을 통해 보고 느껴지는 모습은

바로 그림을 보고 있는 나의 모습일지도 모른다는 생각이 들었다.

고배가 아닌 축배의 잔이 더 많이 부어지기를 소망하다.

볼 뼈와 턱선이 주는 서늘한 회색빛 느낌이 이지적이다.

얼른 오페라 나비부인과 천경자 화백의 그녀들을 연상케 하기도 한다.

도시적이며 현대적이다.

동양적이며 고전적 감성도 느껴진다.

산 자와 죽은 자의 낯빛이 동시에 느껴지는

차가움과 온화함을 지닌 그녀들은

이 시대와 역사의 모습, 인간이 지닌 양면성일지도 모른다.

서늘한 눈빛은 삶을 탐닉하고 판단하는 본능적 도발이다.

꽃을 들고 기운을 놓은 눈빛으로 사랑과 그리움에 추억을 먹인다.

무엇을 위해 우리는 꿈을 꾸고 갈망하고 멈추지 않는지?

한계를 인정하지 않고 다른 길을 모색하기도 한다.

각자의 방식으로 해석하고 받아들인다.

가끔은 달콤하고,

가끔은 봄바람처럼 향기롭고 부드럽다.

가끔은 시원하고,

또 가끔은 지독하게 외롭고, 소태처럼 쓰다.

쉰 해를 넘었는데 아직도 답을 모르겠다.

앞서간 이들도, 그 누구도 말하지 않는다.

많은 이들이 삶의 주인이 자신이라고 호기롭게 말은 하지만,

정작 저벅저벅 나서지 못한다.

적이 긴장하거나 경직된 낯빛이 창백하다.

모두 모르는 까닭이다.

모두 다른 까닭이다.

입때껏 누구도 '내가 주인'이라는 것을 증명하지 못하고 있다.

그래서 또 삶의 양면성과 양가감정을 헤아릴 듯 헤아리지 못하며,

먼 길을 우린 돌고 돈다.

그래서 현대를 살아가는 많은 이들의 노래와 눈빛은 한없이 공허하다.

삶의 주인은 인간이 아니라는 사실을 수긍하게 될 때

우린 본능적으로 알게 된다.

얼마 남지 않았다는 것을,

생이 환희와 사랑으로 생기롭기를,

바람 그 너머 향기가 느껴지는 날을 고대하며, 신의 긍휼과 선처를 바라다.

주로 '통섭'이라는 주제로 모든 사물과 사람의 존재와 의미를
깊이 통찰하고 담아내려 하는 작가다.
때론 한없이 따뜻하고,
또 때론 날카롭고 예리하기가 펜싱 검의 포이블 같다.
큐레이터를 오래 한지라 작품을 보고 언어로 표현하는 능력 또한
탁월한 작가다.
그의 그림은 종이와 붓과 물감 먹보다 나사와 못
자동차 도료 같은 재료들을 사용한다.
목판에 점을 찍어 선을 만들고 선을 통해 표현을 집대성하는 노동집약적
회화를 구상하는 작가다.
존재의 근원부터 소재의 통념을 넘는 작가의 고백을 담아본다.

"나는 꽃과 동식물 등 자연의 생명 현상과 각각의 형상성에 깃든 회화적 변용 가
능성에 주목해 왔다. 붓과 먹이라는 전통적인 재료와 기법 대신, 목판에 금속성
의 못과 나사 등 일상성을 반영하는 소재들을 활용하여 자연의 이미지를 재현
함으로써 자연과 문명, 옛것과 새것의 조화라는 동시대적 과제에 집중해 온 결
과이다. 그래서일까. 나는 언제부턴가 질료가 회화적 손질을 거쳐 새로운 세계에
이르는 과정만큼이나, 하찮은 사물이 회화적 질료로 작용할 수 있음에 재미를
느꼈다. 이미 익숙한 질료에 대한 식상함을 포함하여, 사물과의 교감이나 어떤
작은 선택과 수식의 변주에 따라 많은 것이 달라질 수 있다는 생각은 모든 창작
의 동기에 앞서는 신선함으로 다가왔던 것이 사실이다. 화가의 몸이 재료와 함께
호흡하듯, 세상에 대한 화가의 인식은 불가피하게도 물질과 통섭함으로써 구현
된다. 따라서 인식과 상상력을 통해 '선택하고' 또 '선택된' 소재와 제재의 교집합

속에서 세상을 향한 화가의 정체성이 버무려질 수밖에 없다. 미술의 처음과 끝이 작가 자신의 세상을 구현하는 마음의 표현인 것과 마찬가지로, 화가의 마음(정신)은 재료(물질) 속에 그대로 녹아 있다."- 네이버에서 작가의 도록 분 발췌 재인용

그렇다.
우리는 서로 있는 그대로 소중하며, 존재의 의미가 있다.
신의 창조물이기에 더 그러하다.
일생을 통해 겪게 되거나, 경험하고 만나지는 것들을 통해
서로 유기적으로 존재한다.
그것은 상호작용적이다. 그래서 나의 존재가 된다.
고로 시대와 역사 그리고 일그러진 군상들도
나의 자화상일지도 모르는 것이다. 아니 자화상이다.
고흐의 눈빛과 처음 만나던 날이 기억난다.
오랑캐꽃 그리고 해바라기, 태초 신의 창조물에 아담이 지어 붙인 이름이
그대로 이름이 된 것처럼, 이름을 붙이고 있다.
우리의 DNA와 기억들은 무의식적 본능이라고 하찮게 정의할지 모르지만,
태초 이전부터 계획된 신의 위대한 프로젝트 회로였을지 모른다.

영국 스티븐 다비셔 Stephen Darbishire, 1940~

작가와 그의 가족이 사는 아담한 농가의 전경과
일상의 소소한 이야기들이다.
밝은 햇살이 주는 평화로움과 화사한 안색이 좋다.
평온한 식탁과 호수에서 비발디의 사계가 흐르는 듯하다.
햇살과 바람이 가꾼 선물이다.
활짝 열어젖힌 창문에서 수용적이고 개방적인 인품이 느껴진다.

소통, 자연과 소통, 이웃들과의 소통, 많은 소통을 얘기하지만,
정작 소통이 어렵다.
수용성도 떨어지고 인내도 부족하다.
사회적 조울감, 집단 조울증 환자들이 되어버렸는지도 모른다.
어느 순간 자기감정이 제일 중요한 세상이 되었다.
심지어 그렇게 가르치고 훈련도 시키고 있다.
문화가 되었고, 상식이 되었고 진리가 되어버렸다.
신이 말씀하셨던 것이 문득 생각난다.

진리가 혼돈되어 분별력을 잃어가고 있다.
진리와 트렌드 사이에 간음하듯
차지도 덥지도 않은 어정쩡한 내 모습을 만난다.
'햇살처럼 바람처럼 눅눅한 죄를 끊임없이 들추어내시고 말리시는
사랑 앞에 차라리 울라 내 영혼아.'
면목과 넉살이 남아 있지 않다면 낙타 무릎으로라도 살아가야 한다.
광야에서 감사함으로 예배를 원했던 긍휼과 보호하심을 기억하며,

작품 속 위대한 선물들을 음미하다.

비 오는 날에도 이리 아이들처럼 즐기시는 어르신들의 모습이
햇살처럼 밝고 유쾌하다.
궂은 날씨도, 저물어가는 황혼도,
그 어느 것도 방해할 수 없고
괘념치 않는 삶을 긍정적으로 대한다는 것은 복이다.
작가의 유머러스한 영국적 감성이 느껴진다.
스스로 소외이던지,
물리적 또는 생리적 소외이던지,
타인에 의한 사회적 소외이던지, 적극적으로 선택하고 행동한다.
그리고 또 가끔은 힘을 빼고 물처럼 흐르게 한다.
그렇게 균형 있게 삶의 탄력성을 오래도록 유지할 수 있으면
얼마나 좋을까?
사람의 뒷모습은 진실하다.
의도하거나 꾸밈이 덜한 곳,
유일하게 스스로 직접 볼 수 없는 곳,
다른 사람에게 더 잘 보이는 곳이다.
뒷모습에도 표정이 있고, 분위기가 있고, 인격이 있다.

한잔 술에 애매한 사람에게 객기를 부려본다.
녹록잖은 삶을 살아낸 것에 대해 인정받지 못했던 감정을 투사하는 걸까?
허리춤 밑으로 빠진 셔츠만큼의 오기에 골을 낼 수가 없다.
내 아버지의 주사에도 난 그랬었다.
우산 속에 가려진 그녀들의 다정한 수다에 인사를 건네고 싶다.

푸근한 미소도 한 줌 얻고 싶다.

눅눅해지려 하는 내 창가에 걸어두고 싶다.

프랑스 리차드 버렛 Richard Burlet, 1957~

오스트리아의 구스타프 클림트의 아르누보 운동에 영향을 받은 작가다.
오랫동안 클림트의 아류작이라는 비난을 받아왔던 작가이고
그의 작품들이다.
나 역시 그의 작품에서 얼른 구스타프 클림트의 '키스'가 생각났다.

시크한 모습의 여인들이다.
어딘가 도도하면서 관능적이다.
빨간 립스틱, 도발적인 눈빛, 풀 메이크업에 패셔너블,
잘 단속한 모습이다.
그런데 완벽한 듯 부족한 눈빛이 찾고 있는 것은 무엇인가?
무엇을 갈망하고 있는가?
본능처럼 타고난 외로움이 보인다.
사랑이다.

조우,
감정이 복잡해진다.
슬프고 아프다.
부인할 수 없는 까닭일지도 모른다.
그래서 불편하다.
동서고금을 막론한 여인들의 자화상이다.
이중성과 다양한 욕구를 넘어선 신의 섭리 앞에
오래도록 무릎 꿇지 못한 인간 자체다.
그분을 만나러 가야 한다.

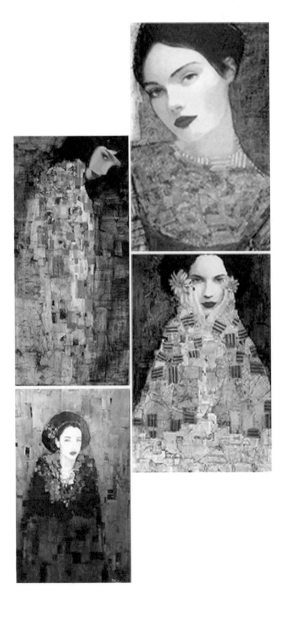

얼마 전 친구로부터 작가와 작품을 소개받았다.

전국의 구멍가게들만을 찾아다니며 20년 동안이나 그려온 작품들 모두
보물이다.

섬세하게 펜으로 살려낸 정서가 놀랍다.

친숙함과 정겨움이 물씬,

구멍가게 가득 행복한 추억과 그리움들이 진열되어 있다.

예전 우리 동네서는 구멍가게를 '송방'이라 했다.

할머니나 아버지는 '하꼬방'이라고도 했다.

이른 아침 눈도 제대로 뜨기 전 심부름하던 생각이 난다.

지금처럼 주인이 상시 가게를 지키고 있지 않던 터라서

늘 목청껏 쥔장을 불러야 했다. "뭐 주유~"

그게 싫어 남동생들이 셈을 얼른 할 줄 알기를 무척 기다렸었다.

집에서 닭이 낳은 달걀을 돈과 바꾸러 가기도 했다.

가끔 하나쯤 삥땅(?)을 쳐서 콩 제리와 바꿔 먹고도 싶었는데

그걸 못했다.

살뜰한 우리 아버지 날짜 맞추어 세어 놓았기 때문이다.

많은 추억과 그리움을 소환해 주는 보석 같은 작품이다.

지금은 '나들가게'라는 이름으로 간판을 바꾸고 내부 진열도 단정하다.

교복을 입는 것처럼 말이다.

대형마트나 24시간 편의점에 밀려 기운이 빠져 있는 구멍가게들에

궁여지책 같은 대안이지만, 현실적인 도움은 안 되는 모양이다.

동네마다 주머니 사정도 살펴 주고,

훈훈하게 외상도 가능하던 '송방'이 사뭇 더 그립다.
오늘은 우리 동네 까치슈퍼나 고개연쇄점에 들러
군것질거리라도 사야겠다.
행복한 그리움과 마주하며.

하늘을 향한 지고지순한 대지의 기도 같은 작품이다.

때론 노여운 듯,

때론 노기를 푼 얼굴인 듯,

때론 고단한 하루의 얼굴을 세안한 듯,

때론 용돈을 내밀던 아빠의 얼굴인 듯,

대지의 빛깔을 만드는 하늘의 사랑인 듯 보이기도 한다.

하늘이 대지를 닮은 듯,

하늘의 근엄함과 자애 속에 평화가 깃든 대지의 낮인 듯 아름답다.

보라색 라벤더밭과 조우한 하늘빛 평안이 내 영혼에도 잠잠히 끼쳐 온다.

어둠이 걷히는 찰라의 새벽,

또 목마른 대지를 적시고 떠나는 구름의 뒷모습일 지도 모른다.

아니면 펄펄 끓는 대지의 열기를 식혀 받아줄 하늘의 자비일 수도 있다.

다만 서로의 빛으로 빚은 한 폭의 그림은 더 환상적이다.

어울림이라는 거, 소통이라는 것,

전혀 다름으로도 가능하며, 조화로움이 더 매력적이라 걸 느끼게 해준다.

서로 닮아가려 하거나 하나 되려 노력하면서 오는,

적은 성과에 대한 고단함과 죄책감이 있었다.

오랜 변화 없음에 상대방 탓도 하면서 말이다.

그대로의 존재감이나 정체성을 존중하며,

조화를 이루는 것에 대하여 다시 생각하다.

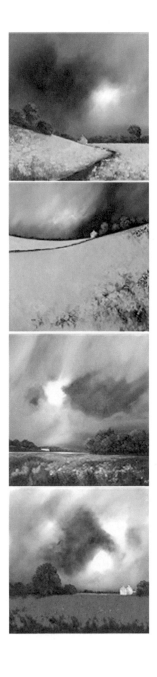

아름다운 선과 감정이 빚어낸 작품들이다.

음악이 들리고 숨소리가 들리는 것 같다.

감정이 읽어진다.

……

의식과 무의식의 조화가 빚어낸 몰입의 순간을 표현해내는

작가의 능력이 놀랍다.

온전히 몸을 이해하고,

예술적 감성을 이해하고 나서야 비로소 그릴 수 있을지 모르는데…….

크로키처럼 느껴지는 빠른 감각과 예리함이 아름답게 관능적이다.

조화와 균형의 형질은 같은 듯 다르다.

정서가 다르고,

느낌이 다르다.

그런데 함께 있으면 더 빛난다.

바로 이 작품 같은 느낌이다. 그것이 이것이다.

삶의 찰나와 순간들을 생각하다.

천성과 심성이 솔직하고 밝고 건강하게 느껴진다.

그림을 보는 순간 나른한 몸에서 힘이 피어오른다.

밝고, 건강하고, 화사하고, 심지어 이쁜······.

누구나 꿈꾸며,

바라고,

누리고 싶음일 것이다.

고갱을 능가하는 색감 구사력이 힘 있다.

적당한 이질감과 발색력이 싫지 않다.

이국의 여행지처럼 낯섦이 특별한 선물로 다가온다.

꽃그늘 아래 여인이 마치 나인 양······.

붉은빛 피부가 이토록 생기로울 수가 없다.

과감한 색의 조화가 은근히 기분 좋다.

내 안의 또 다른 나, 욕구, 꿈, 도발, 자유로움, 야함인가?

그림 앞에 오래 머물며 서성거린다.

생각지 못한 일이다.

······

또 다른 나를 발견하고 알게 되었다고 정의해야겠다.

담뿍 흠향하면서 부담도 없다.

고팠던 것 같다. 맘껏 취하라. 오늘을 허한다.

공허한 눈빛과 낯선 목마름이 느껴진다.

마른 꽃 한 줌, 푸른 눈빛처럼 선하다.

바람이 분다.

위태로운 나무들은 집 위에 누워 버릴 것만 같다.

고단했던 삶을 표현한 것 같기도 하다.

흔들리는 집과 나목이 맥을 놓았나, 아니면 눈물로 흔들리는 것인가.

빛에 드리워진 나목의 그림자가 박혀,

하나 된 집에 독백 한 겹 얹어 본다.

그리움도, 허허로움도, 고독도, 동정일지도 모른다.

반듯한 구중궁궐이나

하늘을 찌르는 펜트하우스만이 훌륭한 거처이겠는가.

자연에 순응하는 나목과 썩 어울리는 흔들리는 집도 좋지 않은가?

각진 세월 속에 경계를 조금 푼 유연함이길 바란다.

눈물이라면 더욱 축복한다.

첼로의 중저음이 우울함이 아닌 축복의 소나타로 들려온다.

풍상마저도 찬란한 실패로 알현할 수 있으면 좋겠다.

이따금 남의 그림자 위에 서보다.

순간순간의 움직임과 시선의 각도 때문인지 생동감이 있고 입체적이다.

마치 정지화면 같다.

대형 오페라 극장과 아름다운 발레 단원들의 긴장감이 느껴진다.

무대 뒤의 분주한 모습, 무대의 긴장감과 음악단원들의 써포트 연주,

다양한 시선의 안배가 이 무대의 감독 같다.

한편, 그림은 왠지 적극적인 탐색과 숨어서 보는 거 같은 느낌도 있다.

시선의 각도가 주는 은밀함과 집단 관음증에 밀어 넣는 순간이다.

그러다가 앵글의 각도를 쭉 빼내어 남들이 잘 선택하지 않는 각도와

거리감으로 치부를 잡아내려 한다.

아름다운 무대와 발레리나들에 대한 신비감을 깨려는 의도 같기도 하다.

이번에는 집단 냉소와 혐오에 동참시키려는 모양이다.

사랑과 관심받고 싶어 하는

한 영혼의 심술이 담겨 있는 것 같은 느낌이다.

자신의 감정에 대한 부정 왜곡의 결과물,

안타까운 작가의 영혼, 신이 이미 위로해 주셨길 바란다.

그럼에도 그림 속 그녀들의 무대는 뒷모습조차 아름답다.

주어진 배역에 최선을 다하려는 열정과 가치감이 엿보인다.

무대는 기대감과 호기심으로 가득 차 있다.

아름다움은 각도가 주는 것만은 아니라는 걸,

오히려 작가 스스로 깨주었다는 사실을 알았을까?

평생 독신남으로 살아갔던 작가 드가,

혹, 작가 드가는 여성의 아름다운 선과 모습을 흠모하면서도,

다가가지 못한 것은 아니었을까?

낮은 자존감과 수줍음으로 거리감이 주는 안정감과 아름다움을

즐겼을지도 모르겠다.

열등감과 용기 없음이 만들어 낸 위대한 작품들,

또 내 맘대로 그 영혼을 연민하고 애도하다.

이 땅의 가장이며, 아버지들이다.

그리고 그 뒤를 이을 청년도 있다.

그리 무거울 것 같지 않은 핏줄만 성근 몸뚱이가 몹시도 거추장스럽고,

천근만근인 듯 보인다.

손가락 하나 얹기도 버겁고, 무안해질 것만 같다.

삭정이 같은 몸,

잔뜩 움츠린 모습에 자꾸만 바람이 분다.

남자들의 시련과 고독을 감히, 말하지 말아야지 싶다.

늘 서늘해서 그렇게 한 잔씩들 하나 보다.

황량한 빈 들과 언덕 같은 가슴이 하도 허전하고 시려서,

속 달래 줄 안주도 없이,

마음이 급해서,

그 깊은 속 울음과 아리랑을 어찌 다 알까.

내 아버지를, 내 옆 지기를 나는 다 모르고 있을 것이다.

내 옆 지기가 심란하고,

공허한 가슴을 진정시키려 틀어 놓은 예능 프로가 나는, 늘 슬프다.

술도 못하는 우리 그는 아이들과 마누라 눈치를 피해 기계가 꺼지고,

모두 퇴근한 난로의 온기도 식은 빈 사무실에 자주 나간다.

자기만의 고치에서 새벽을 맞이하다 들어오는,

그의 발소리를 듣지 못할 때가 많다.

어제도 오늘도 서류 정리를 핑계로 빈 사무실에 나갔다.

바람 풍선처럼 세파에 정신없이 나부끼는 가슴을

애써 쓸어내리고 있을 것이다.

전장에 다녀온 개선장군처럼 언제나 가슴 한번 쫙 펴 보려나,

승리의 개가를 연습해 두자.

그가 돌아올 때 대신 불러줄,

모닥불 한 다발을 선물하고 싶다.

시린 가슴들끼리 서로 비비며 온기를 나누어야 한다.

또 그렇게 내일의 희망을 노래하며……

바람, 바람을 맞는다.

그다지 주목받지 못할 것 같은 사람들이다.
작가는 우리 사회의 그 비주류들에 관심이 있다.
그들이 그림에서 주인공이며 모델이다.
그들 가슴 한곳에 촛불을 밝혀 주는 느낌이다.
요즘 사람들이 원하는 날씬한 몸이다.
다이어트가 전혀 필요 없는 몸이지만,
조금도 부럽거나 그다지 매력적이지도 관능적이지도 않다.
어딘가 모를 결핍이 익숙해 보여 오히려 연민스럽다.
웃어 본 적이 언제였을지 모를 무심한 표정들,
간지럼이라도 태워 웃겨주고 싶다.

하지만 사는 것이 그리 재미있지 않아도 지켜내야 할 것을 지키는 사람들,
그들은 한결같은 우리 이웃의 심지다.
변덕과 변화가 춤을 추지만, 굳건하며 꿋꿋하다.
그리 크지 않은 작은 것들에 만족하고,
시름을 없이 하며 살아가는 사람들이다.
느닷없는 바람에 언제 또 우산이 뒤집어질지 모르지만,
그 바람만을 탓하지 않을 무던한 나와 내 이웃이다.
우리 모두의 자화상이다.

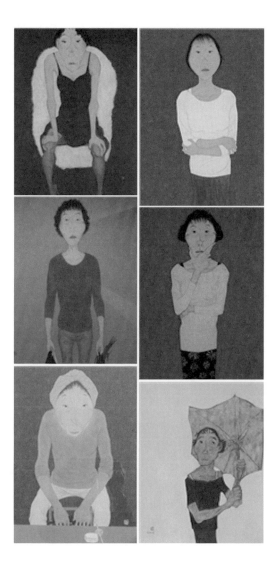

시선, 침묵에 닿다

김보연

동명이인 작가가 있어 그의 프로필을 잠시 언급하자면 이렇다.

홍익대학교 서양화과 졸업,

파리8대학과 동 대학원 조형예술 학과 석사과정을 수학했다.

대학에서 학생들을 가르쳤으며, 650여 회가 넘는 국내외 초대전과

단체전, 63회의 개인전을 통해 꾸준히 작품 활동을 해왔다.

개인 작품 활동 외에도 현재 신 미술회 회장, 아시아 미술가협회 회장,

성남미술협회 회장직을 맡고 있으며,

대한민국미술대전 서양화 부문 심사위원장을 역임하는 등,

대한민국미술 발전을 위해 기여하고 있는 작가다.

그런 작가를 몇 해 전 강원도 영월의 작은 마을 갤러리 카페에서 만나게 되었다.

갤러리에 동료나 제자 작가들의 그림을 걸 공간을 만들어 놓고,

커피를 볶고 와플을 굽고 있었다.

미대 출신인 남편도 놀랐다고 했다.

소위 미술계 셀럽이신데 영월 초야에…….

돌연 모든 걸 내려놓은 것은 아닌지 하는 걱정은 기우였다.

갤러리와 카페를 손수 보수하고 더하고 빼면서, 여러 작가의 작품을

좀 더 가까이 편안하게 만날 수 있도록 배려하고 있었던 것 같다.

그는 카페나 일상에서 만날 땐 푸근한 이웃집 아저씨 같지만,

작품을 대할 땐 매우 예리하고 엄격했다.

분명하지만 다정하게, 조용히 후배나 제자들,

신인 작가들을 발굴하고 이끌고 있었다.

허울보다 솔직함과 진심을, 요란하지 않은 심플함을,

실리보다 자존감을…… 명료했다.

붓을 놓을 수 없는 환경일 것이라는 예상은 적중했다.
자연과 어쩌면 더 가까워진 그의 작품세계도 기대되었다.
동강의 사계 작품처럼, 그의 작품은 깊은 시선과 사유가 있다.
작가의 작품은 시선과 사유의 깊이와 붓의 안배, 몰입이 비례한다.
시종일관 소멸과 새로운 생명과 과거와 현실, 그리움과 추억,
잔존기능의 회복과 희망을 보고 있다.
안타까움과 상실감과 애틋한 연민으로 가득해 보이지만,
과거로의 회귀가 아닌 회복의 미래를 얘기한다.
건강 밥상 같은 그림 공간이 있는 영월에 가보시라.
그가 차려놓은 푸른 동강과 붉은 메밀밭과 청포도 사랑 같은
행운의 그림 상을 상시 맛보게 될 것이다.

작가는 '한계레신문'에서 기자로 10년 정도 활동을 했다.

섬세한 펜화 특유의 작품성이 돋보인다.

미완성 같은 느낌이 드는 작가의 의도가 썩 마음에 든다.

이미경 작가의 펜화와는 또 다른 느낌, 또 다른 매력이 있다.

화려하지 않은 색, 미사여구 없는 단순한 메시지가 훨씬 더 깔끔하고

강하게 느껴질 때가 있다.

작가의 그림이 그렇다.

채색이 없거나 원 포인트다.

돋보여야 할 것과 강조해야 할 것이 하나일 때,

우린 양쪽 다 집중해서 잘 볼 수 있게 된다.

주연과 조연이 모두 빛나는,

그래서 전체가 더 의미 깊은 작품이 되어 준다.

작가의 손에서는 우리의 보편적 일상이 그림이 된다.

낯설지 않은 풍경에 공을 들이고,

툭 던져진 메시지는 서늘하기도 하고 아프기도 하다.

'일상적인 보편성은 진정 우리를 그림 되게 하는가?'

넋두리처럼 사념이 올라오기도 한다.

우리의 굶주림은 늘 인내심이 없다.

하나, 둘 경계선에서 광야를 헤매게 된다.

사계절 처음처럼 작은 흔적으로 서다.

달동네,

더 높이, 더 멀리 도시의 섬처럼 떠밀려 있는 곳이다.

한옥과 판자 밀집 지역, 사라져 가고 있는 풍경이다.

그림에 사람 한 명 등장하지 않지만, 좋다.

고요함이 좋고, 따뜻하게 흐르는 정서가 있다.

편안함이 좋고,

지붕만 가득한 그림 속 집에서 새어 나오는 불빛들이 좋다.

옹기종기 다정다감하게 해 준다.

깜깜한 밤 가로등에 의지한 길들도 있다.

달동네의 가로등은 낮은 자리에 임한 신의 별 같다.

골목길을 읽어주고, 어둠 밝혀 주고, 기다려 준다.

그리고 가장 먼저 나가는 이를 배웅해 준다.

사람과 시간을 다 받아준다.

생각해보면 가장 낮은 곳에는 불편함이 있지만,

희망이 있고 온기가 있었던 것 같다.

작가는 세상을 향한 꿈과 희망의 등을 달아내고 있다.

뚝뚝 떨어져 사는 우리에게 온기를 주고자 한다.

우리의 DNA를 파고드는 그림들이 깊은 위로를 준다.

한 점 걸어두고 싶다.

자개가 주는 고급스러움에 넉넉한 달항아리와 사발이

기세를 기품 있게 눌러준다.

레진이라는 소재가 주는 물빛은 수용성이다.

모성을 닮은 여인이 생명을 품고 달여내는 것 같다.

삶의 윤기가 흐른다.

저마다 꽃이 핀다.

분절된 희생이 아닌 생명의 순환이다.

역사는 더 숭고해진다.

오래된 이 이질감이 도무지 내쳐지지 않는다.

고결한 전통과 보수와 사랑과 희생은 박제되지 않을 것이다.

울음이 진다.

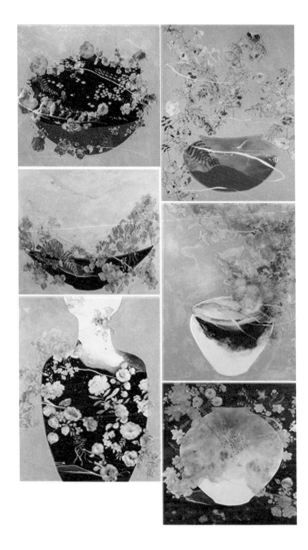

19세기 고전주의 화가로 왕년에 '불가능이란 없다'라는
나폴레옹의 말과 함께 따라오던 그림이 있었다.
영어 교과서 표지이기도 했던 그림,
우리에게도 익숙한 알프스를 넘는 나폴레옹을 그린 바로 그 화가다.
루이 16세를 단두대에서 처형시키고 왕이 된 나폴레옹으로부터
신임을 받게 한 그의 출세작이기도 하다.

루브르박물관에서도 본 적 있는 나폴레옹과 조세핀의 대관식 그림은
어마어마한 대작이었고, 매우 놀라운 작품이었다.
그것은 다비드에게도 매우 중요한 작품이 된다.
다비드는 그림을 너무 잘 그려서 권력을 가지게 되었고,
그 권력을 잘못 휘두르기도 한 화가다.
나폴레옹이 몰락하면서 궁정화가였던 그가 그림값을 챙겨
타국으로 망명한다.
프랑스는 다비드가 타국 망명지에서 죽어 유골로 돌아오려 했지만,
거부했다.
그 정도로 많은 사람이 지탄했다.
권력에 편승한 야비한 사람으로, 너무나 비겁하고 나쁜 사람으로,
아내가 떠나도 잡을 수 없었고 돌이키지 못했다.

어리석은 선택의 늪에서 왜곡된 가치관은 제멋대로 작동한다.
눈이 멀고 귀머거리가 된다.
또 다른 형태의 두려움으로도 보인다.

두려움이 점령한 영혼은 온전히 기능하지 못한다.

그림으로는 최고의 경지에 있었지만,
예술이 아닌 정치적 도구였고 권력의 칼이었다.
살아가는 수단에 불과한 흉물이 되었다.
그는 결국 두려움을 극복하지 못했고,
두려움의 노예가 되어 안주하다가 제자리로 돌아오지 못했다.
모든 걸 잃었다.
목적이 이끄는 삶에 대해 문득 생각하게 되었다.
내가 가야 할 곳은 어디인지, 길 잃지 않기를 간절히 바라다.

이건희 회장과 BTS의 RM으로 인해 좀 더 화제가 된 작가지만,
작가는 이미 김환기 작가와 같은 시대를 산,
한국 추상화의 선구자라 할 수 있다.
환갑 전까지 작품 한 점 팔아본 적 없는 것으로도 유명하다.
그런데도 멈추지 않고 한 길을 뚜벅뚜벅 걸어 낸 그의 용기와 의지,
자존감이 멋지다.

한국의 산을 단순화시킨 그의 작품은 심플하고 관조적이다.
어쩌면 작가의 성정일지도 모른다.
세상과 이권에 함부로 달려들거나 판단하지 않고,
묵묵히 자기 몫의 그릇을 닦아왔을 것 같다.

그래서일까,
단순함이 더 깊고 열정적으로 느껴진다.
선명한 색감은 사계절이 뚜렷한 우리 산의 아름다움을
정석으로 보여주고 있다.
중첩과 수용, 완만한 곡선과 각은 부드러움과 위엄이 공존하고,
다양한 이야기를 풀어내며,
침묵할 때를 아는 산의 진수다.

그래서 산이 더욱 산다워지고 골은 깊어 더 골다워진다.
음각과 양각의 절묘한 부조화가 아이러니하게 균형감을 준다.
삶이 좀처럼 종잡을 수 없다고 느끼던 날에 보면 좋았다.

때가 되면 스스로 벗어 비워내는 산, 그 산을 닮아 내고 싶은 날에.

앙드레 브라질리에 Andre Brasilier, 1920~

구십 백전노장의 그림에 넋을 놓았다.

블루 화병 속 백합의 향기가 마치 느껴지는 것 같았다.

쨍쨍한 날에 마신 시원한 물과 바람 같기도 했다.

맑았다.

제작비 많이 들이지 않고 성공한 영화처럼 단순한 소재와 구도가 주는

이 매력은 무엇인가?

무겁지 않은 지고지순함이 깃들어 있다.

작품마다 꽃과 여인을 투 샷 한 것도 인상적이다.

사진이라면 조금은 진부하고 촌스러울 수 있는 구성이다.

작가는 여인과 꽃을 동일시하나 보다.

여인은 꽃처럼 아름다운 존재이고, 꽃은 아름다운 여인 같은 존재로,

실제 그림 속 주인공이 아내란다.

변함없이 아내가 아름답다고 고백하는 작가와 그의 아내가 부럽다.

삶의 동반자로, 오랜 친구로,

서로를 사랑하고 지원해 주는 모습이 참 아름답다.

순수하게 끝까지 책임 있는 사랑을 한다는 자체가 아름다운 이야기이고,

그림 같은 모습이다.

그래서 작가의 예술과 작품세계에 아내를 떼어 놓고는

설명할 수 없는 원동력이 된 것 같다.

삶도 예술도 사랑이다.

위대한 사랑이 위대한 작품을 만든다.

노년을 모델링하다.

아프리카스럽다.

작가의 그림 이야기에서 아프리카에 대한 사랑이 느껴진다.

사랑해야만 담을 수 있는 색이다.

가만히 들여다본다.

다른 이들의 삶을 어느 날 넋 놓고 보듯 그렇게 그림을 본다.

진지한 모성이 있고,

오랜 질서와 규칙처럼 이어진 소박한 삶과 성실함이 순박하게 담겨있다.

색감도 화풍도 그들의 삶과 닮아 있다.

고단하지만 낙천적이고 여유로운 삶의 모습이 색감만큼이나 아름답다.

그리고 부럽다.

......

마음이 파도를 타는 날에 쉬어가게 하는 그림이다.

작가는 조상 대대로 화가 집안이다.

추사 김정희의 제자. 〈방완당산수도(倣阮堂山水圖)〉를 그린 소치 허련, 조선의 화가를
역사적으로 추앙받아 온 중국 화가와 대등한 위치에 놓은 조선 남종화의 획기적
인 변화와 발전에 기여했다. - 네이버 지식백과 참고

허련 아들이 미산 허형이고, 허형의 아들이 남농 허건,

근현대 호남화단에 중추적인 역할을 했으며,

허건의 손자가 바로 작가이다.

몹시 난해한 듯 다중적인 이미지를 주는 작품은 문인화의 맥이 흐른다.

민화 산수 배경에 행서체, 한지에 먹과 북종화 같은 채색, 물감만

혼용한 것이 아니다.

글자와 그림, 사람과 동물을, 과거와 현재를 병치(倂置)하고

남다르게 배열한다.

거기에 작가의 철학과 사상을 담아낸 것이다.

대동(大同), 동학 이념, 작가의 휴머니즘 사상의 근원인가 보다.

'민화의 재해석인가, 민중봉기에 기운을 돋구던 걸개그림의 진화인가?'

싶은 작품은 발목을 잡거나 가슴을 쓸어내려야 하는 울림이 있다.

시대적 상황에 고뇌하는 인물 앞에선 얼음이 된다.

같으면서 또 다른 한국화의 패러다임이다.

수분을 포용하는 한지의 특성과 한계들이 있다.

작품의 재료가 주는 의미도 있지 않을까?

그 특성과 한계로 인해 신중한 작업을 해왔을 것이다.

다분히 노동집약적이고 정신을 쏟아내야 했던 바탕,

서민적이고 계몽적이다.

유목 동물의 등장과 동학과 일제치하의 이미지 병치는 무엇인가?

치열하게 땀 흘리며 살아가는 대한민국,

우린 아직 자존하지 못하는 열방이다.

거기에 서민들은 여전히 고단하다.

극복하지 못한 역사적 트라우마가 있다.

"자연적으로 치유하는 것에 일말의 보탬을 기대한다.

나아가 보다 나은 삶을 향한 긍정적 미래 의식을 새롭게 가졌으면 하는

바람이 크다"는 작가의 말에, 나는 왜 신열이 오르는 것일까?

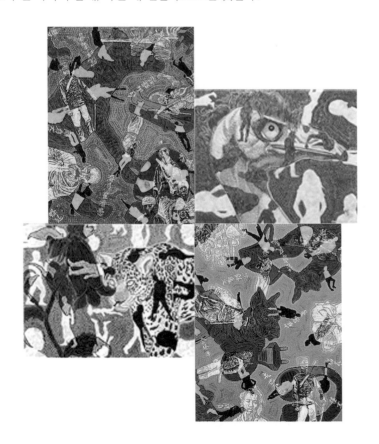

이반 크람스코이 Ivan Nikolaevich Kramskoy, 1837~1887

일리야 레핀Ilya Yefimovich Repin을 길러낸 스승으로도 유명하다.

이반 크람스코이는 초상화가다.

당시 러시아의 체제나 시대상을 반영한 인물 그리길 좋아했다.

그의 초상화 중 최고는 두 번째 배열한 작품인 1873년에 발표한

대문호 '레프 톨스토이의 초상화'다.

많은 화가가 톨스토이에게 초상화를 그려 주겠다고 했지만

거절하기 일쑤였다.

하지만 이반 크람스코이에겐 톨스토이가 직접 찾아가

오히려 부탁했다고 전해진다.

그 정도로 그의 초상화는 남다른 깊이가 있다.

인물의 삶과 성격,

무엇보다 삶을 대하는 태도와 영혼까지 그려 넣으려고 노력한 것 같다.

위대한 사상가 톨스토이의 결단과 강인한 정신이 잘 표현된 작품은

작가 특유의 색감을 비롯해 초상화 중 단연 으뜸으로 손꼽힌다.

첫 번째 배열한 여인의 작품은

톨스토이의 책 '안나 카레니나'의 주인공이다.

책의 표지가 되기도 한 작품이다.

가상으로 창조한 인물이라는 점에 놀랐었다.

이반 크람스코이는 1887년

〈닥터 라우흐푸스의 초상Portrait of Dr. Rauhphus〉을 그리다가,

손에 붓을 든 채로 생을 마감했다고 한다.

참 고즈넉하고 숭고하다.

개인적으로 네 번째 배열한 '황야의 그리스도'라는 작품을 좋아한다.
종교적 이유도 있지만, 그곳에 그의 영성이 엿보인다.
그 작품은 그림을 그리는 화가의 스킬만으로 그린 것이 아니라는
생각을 하게 한다.
신의 아들을 가장 깊이 있게 사유한 작품이라는 생각이다.
주일 아침 그의 작품 앞에서 울컥, 회개의 마음도 들었다.
그리고 또 감사했다.

히말라야 작가로 불리기도 한다.

한국적인 정서와 색감을 사용한 '히말라야' 모티브 시리즈와

우주와 별을 상징하는 밝고 동화적인 '어린 왕자' 시리즈가 있다.

붉은 달이 주는 느낌은 민화적이기도 하다.

우주와 인간,

영적인 메시지,

사랑과 평화가 가득 깃들어 있다.

별은 영원한 동경과 흠모의 대상이다.

때론 시크한 기도와 침묵을,

때론 열정적으로 사는 우리 인생을 생각하게 한다.

답답한 가슴, 지친 기도를 별 밭에 묻으며.

시퍼런 막사발에 담긴 달은 누군가의 밥이다.

달은 꿈이고, 꿈은 밥이다.

만월과 블루Blue,

말장난 같지만 공통점은 '차다'이다.

가득 찬 만월이 블루Blue에 담겨 있으니 스마트하게 보이기도 하고,

몹시 외로운 사내 같은 느낌도 든다.

깔끔한 성정에 홀로 청청하게 살다 심장을 잃어버린,

서릿발 서린 냉기가 계곡을 타고 뼛속에 스미는 것 같다.

밤에 홀로 핀 듯 지고 있는 매화도 그러하고 삶은 모두 지독하게 외롭다.

누구나 성공을 꿈꾸며, 저렇게 달을 품고 꿈을 꿀 것이다.

반면, 성공을 품은 달항아리와 닭볏 같은 맨드라미가 민화처럼

부귀영화를 빌어주고 있는 것만 같다.

가난한 자의 부적 같아 슬프기도 하다.

그러면서도 기도문처럼 격려받게 된다.

그 약발의 유통기한은 얼마쯤일까?

달이 참 시리다.

작가는 11년 전 교통사고로 시각을 완전히 잃게 되었다.

시각장애 1급으로 빛조차 감지되지 않는 중증 시각장애를 가지고 있다.

미국 작가 존 브램블리트John Bramblitt, 1971~ 가 생각나기도 했다.

그 어떤 말로 고통의 늪을 가늠하며 위로할까,

그런 작가가 그림을 그린다.

보이지 않기 때문에 가슴으로 그린다.

되려 늪을 빠져나와 세상을 향해 약을 바른다.

사고 전 작가는 친환경 소재 등,

독특한 기법으로 작품을 그리기로 유명했었다.

그런 작가가 실의에 빠졌다가 다시 그 늪을 나올 수 있게 해준 것도 그림이다.

작가의 작품들을 보면 울컥울컥하고, 놀랍다는 말 밖에는 나오지 않는다.

사물과 대상을 바라보는 마음의 눈이 따뜻하다.

보이지 않기 때문에 손의 감각에 의지해 더듬더듬 작업을 한다.

그런데도 구도나 묘사의 정교함, 색감의 조화나 전개가 완벽하다.

서민들의 삶, 그리고 환경을 담아낸 작품에는

깊이 있는 위로와 격려의 메시지가 있다.

작가는 삶, 그리고 작품을 통해 갑절의 감동을 준다.

너무나도 대단하고 따뜻하며 훌륭한 작품을 벅차게 볼 수 있어서 감사했다.

파꽃을 모티브 한 작가로 유명하다.

푸르스름한 꽃대에 허연 꽃을 피우는 파인데,

작가의 손에서 파는 아름다운 칠보단장을 하기도 한다.

파꽃의 재조명이다.

파는 거의 우리 한식에 빠지지 않고 들어가는 양념 채소다.

그가 빠진 음식의 맛이란 왠지 섭섭하다.

잊기 쉽지만 안 넣으면 맛이 다르다.

곁들여지면 잡내도 제거해 주고 음식의 풍미를 더해주는 존재다.

파가 세면 꽃이 핀다.

꽃이 핀 파는 질기고 억세서 맛이 없다.

뽑아 버려진다.

작가는 역할을 다한 파의 모습을 그리고 있다.

꽃이 핀 파의 모습을 작가는 왜 그리 곱게 그리고 있는 걸까?

연민인가, 위로인가, 애도인가?

작품 속 파는 사람을 닮았다.

엄마 생각을 잠시 하기도 했다,

아마도 작가는 사람들에게 없으면 안 되는 파 같은 존재,

자존감을 얘기하고 있는 건 아닌지 모르겠다.

파꽃 앞에 잠시 서 있다.

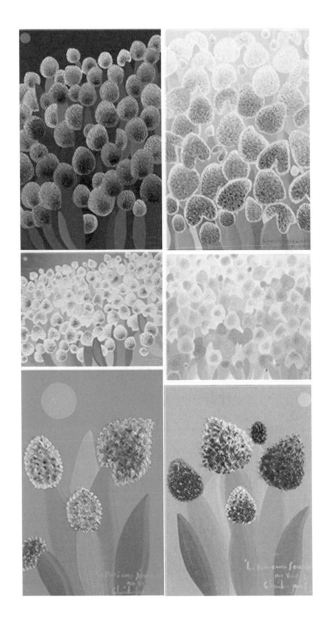

카라바조 Caravaggio, 1571~1610

가문이 있는 마을 이름인 예명 '카라바조Caravaggio'로 유명하지만,
본명은 미켈란젤로 메르시Michelangelo Merisi이다.
카라바조는 초기 바로크 시대 대표적인 화가다.
주로 종교화를 그렸는데, 이전의 종교화와는 완전히 다른 극적인 장면을 골라
강한 빛과 어둠을 극대화한 명암법Chiaroscuro/Tenebrism을 사용했다.
명암법과 생생한 묘사로 유럽에서 가장 유명한 화가다.
이는 우리가 익히 아는 유명한 화가 루벤스와 렘브란트 등,
많은 화가에게 영향을 끼친다.

감정만 잘 조절했다면 아름답게 존경받았을 텐데 아쉽다.
경계를 넘어버리는 괴팍한 성미와 행동은 매우 거칠고 위험했다.
서른아홉 해를 사는 동안 경찰 수배 열일곱 번, 감옥 일곱 번,
탈옥 여섯 번에 살인까지 형사적 범죄자였다.
그런 그가 종교화를 그리면서 치우친 죄성과
양가적 행동의 근원이 무엇이었는지 궁금하다.
두 번째 배열한 그림의 경우 영국에서 7,100만 원에 판 그림이 몇 년 후,
170억 원 상당의 작품으로 감정되자 옛 주인이 화가 나 경매사를 상대로
소송했다는 이슈도 있었다.

여러 가지 방정치 못한 삶이었지만,
작품으로는 세계 최고의 능력과 가치를 인정받고 있다.
아이러니가 존재한다.
성서의 사실적이고, 생생한 묘사를 위해 참수 작품 12편의 모델을

자신이 하기도 했다.

신체의 생리와 의학적인 이해도 천재적이었다.

참수된 목, 생명이 사그라들며 시야가 흐려지는 표정 등,

표현력이 압권이다.

기존의 종교화와 다르게 기괴하고, 엽기적이며 특별하다.

에너지일까, 광기일까,

아니면 어떤 신념이었을까?

우리는 모두 다르게 보고, 다르게 생각하고, 다르게 살아간다.

그의 삶과는 전혀 다른 작품성에

놀라운 평가와 가치를 인정받은 것처럼 말이다.

프란체스코 하예즈 Francesco Hayez, 1791~1882

베네치아 태생으로 프랑스인 아버지와
이탈리아 태생의 어머니 사이에서 태어났다.
하예즈는 19세기 미술사에 있어 신고전주의에서
낭만주의 사조 문을 여는 결정적인 역할을 했다.
그의 작품은 외적인 세밀한 묘사와 더불어
미세한 감정의 변화까지 그려 내었다는 평가를 받으며,
높은 명성을 얻게 되었다.

스토리가 입혀진 그림이 흥미롭다.
뽀얀 분처럼 피어난 여인들의 모습이 여러 이야기 이전에 아름답다.
대부분 잘 알려진 역사와 성경 이야기들을 표현한 작품이다.
섬세한 묘사가 백미다.
마치 역사 기록물 사진 같다.
스토리에 따른 인물의 표정,
옷이나 섬유의 특성, 색감과 빛의 각도와 입체감이 주는 실루엣,
그 무엇 하나 놓치지 않고 있다.
위대한 명화들이다.
역사를 예술로 저장한 아름다운 손을 가진 작가다.
재조명하는 것은 언제나 각자의 몫이다.

프랑스 **앙리 마티스** Henri Matisse, 1869~1954

동글동글한 느낌이 좋다. 그림의 선이 부드럽다.

반면 색 사용이 자유롭고 강하다.

작가 마티스는 아버지의 반대로 변호사로 일하다가

늦게 그림을 그리기 시작했다.

그래서인지 1869년 프랑스 작은 시골 마을에서 태어난 앙리 마티스는

1954년 85세로 눈을 감을 때까지 쉬지 않고 그림을 그렸다.

일화가 있다.

노년에 지독한 관절염으로 붓을 쥐는 것이 힘들어

붓을 손에 묶고서 그림을 그렸을 정도라고 한다.

색칠이 힘들어지면서 말년에는 가위로 색종이를 오려 붙인

콜라주 작품을 탄생시킨다.

색감 표현과 소재 선택도 기발하고 자유로웠다.

그런 그의 노력과 열정이 피카소와 함께

20세기 회화의 위대한 지침 같은 화가가 되었다.

색의 마술사,

과감하고 파격적인 색 사용으로 당시 미술평론가들조차도

적이 당황스럽게 한 작가로도 유명하다.

자유로운 표현,

그는 자신의 캔버스에서 왕같이 그림을 그린 것 같다.

아무것에도 눈치 보지 않고 자신의 이야기를 담아내었다.

홀로 아무도 가지 않았던 길을 간다는 것은 무엇이든 그리 쉬운 일이 아니다.

기준이나 지침이 없어 용기가 필요하다.

외로움과도 싸워야 하고,

감수하고 감내해야 할 것들이 많지만, 포기할 수 없는 무엇이 있는 것이다.

그래서 더 아름답게 느껴진다.

누군가 새로운 지평을 옆에 축복 더하는 사람이라도 되었으면 좋겠다.

풀 먹인 펄프 죽으로 꽃의 기초작업을 해서 색 입히는 노동집약적 작품들이다.

작가의 안개꽃이 생화만큼이나 입체적으로 보인다.

좋아하는 꽃 중 하나여서 작품에 얼른 시선이 머문다.

수많은 손을 넣었을 작품이 무안하면서도 고맙다.

여리디여린 들러리 꽃,

작가의 작품에는 주인공이다.

그래서 좋다.

안개꽃이 주인공일 때가 더 예쁘다.

알아챈 에너지,

작은 꽃잎 하나하나의 생기가 만져졌을 것이다.

오늘 더 그렇다.

다소 어둡고 무거운 분위기가 느껴지는

러시아적인 음악들과 닮은 작품들이다.

레핀은 러시아가 낳은 세계적인 문호 레오 톨스토이와 더불어

러시아 국민이 국보로 생각하는 19세기 말 러시아 최고의 화가다.

화가 레핀이 대문호였던 톨스토이 못지않은 감동을 주는 것은,

미술적 묘사 스킬보다 뛰어난 시대와

사람을 바라보는 그의 관심과 태도일 것이다.

신분을 가려보거나 가려 그리지 않으며,

시대적 상황과 사실을 눈치 보거나 왜곡하지 않은 용기 같다.

러시아 전체를 이루는 사람, 신분을 막론한 사람들 전체가 러시아이고,

그것이 역사라고 본 것 같다.

묵직한 시대상과 혼란스러움이 아이의 행색과 시선에 담겨있다.

얼마를 굶었을지 모를 행복해 보이지 않는 얼굴,

아이의 영혼 속에 담긴 불안과 피로감,

천진함과 희망도 모두 가져가 버린 듯한 소녀는 당시의 러시아다.

미화시키지 않은 정직한 그림 속 러시아는 어둡고 또 희망도 섞여 있다.

혁명과 격변으로 치달았던 혼란과 혼돈의 시대적 상황 그대로다.

시대를 바라보는 문화인으로서의 가슴과 역사의식이 부럽다.

건강한 나라와 진정한 역사를 위해 책임지고 살아내며,

그것을 후손들에게 물려주려는 시대적 어른,

진정한 문화인이 아쉬운 현실에서 일리야 레핀의 고민과 의식과 인식이

사뭇 존경스럽다.

각자의 영역과 삶을 통해 역사,

그 중심에 선다는 것이 무엇인지 사유하게 하는 작가이고, 그림들이다.

독일 한스 홀바인 Hans Holbein der Jüngere, 1497~1543

한스 홀바인은 16세기 북유럽 르네상스의 거장이다.

독일인이면서 영국의 헨리 8세 때의 궁정화가이기도 했다.

극사실주의에 가까운 묘사에 마치 사진을 보는 듯한 탁월한 실력으로,

역사상 가장 위대한 초상화가로 평가받고 있다.

우리에게도 좀 익숙한 영국 엘리자베스 1세의 아버지인,

헨리 8세의 '어진화사'로도 유명하다.

헨리 8세는 1509년부터 1549년까지 영국의 왕이었다.

영국 역사상 가장 파란만장한 이야기를 가진 왕,

영화로도 많이 알려졌는데, 결혼을 6번이나 하는 과정에서 왕비들에게

이혼과 처형을 반복하는 포악한 왕이기도 했다.

한편 종교개혁이 있었고, 영국 국교회도 만든 위대한 왕이었다.

그런 헨리 8세 밑에서 인정받으며, 오랜 작업을 했다는 건,

한스 홀바인이 인물의 심리와 성격을 통찰했거나,

그의 그림 실력이 탁월한 것은 기본이고,

자신의 신분에 넘치지 않게 처신을 잘했다고 볼 수 있다.

첫 번째 컷이 헨리 8세의 초상화로

한스 홀바인을 어진화사로 만든 작품이기도 하다.

그의 그림은 사실적인 묘사 외에도 구석구석에 당시의 시대성을 드러내고 있다.

그 점만으로도 그림의 감동을 배가시킨다.

예를 들어, 종교개혁 이후 구교와 신교와의 갈등을 숨은 그림처럼

초상화 배경 소품들을 통해 기록해 두었다는 점이다.

정교함이 수염 한 올 한 올과 섬유의 패턴이나 얼룩까지 그려내는

220
221

3부 / 시선,
침묵에 닿다

붓끝에만 있는 것이 아니었음을 알 수 있다.

시대를 품지 못한 작품은 영혼 없는 박제 물 같은 물건이고 말 것이다.
오늘날에도 시대정신과 감성이 빠진 감각만 자극하는 것들이 난무한다.
그런 것에 분별력 잃은 사람들도 많다.
시대적 파렴치가 점점 판을 치고,
그 속에 집단 도덕적 해이와 초점도 잃어가고 있다.
진리와 진실을 구태라고 폄훼하거나 불편해하며,
새로운 이념과 가치체계로 둔갑하며, 마치 상식처럼 자리를 잡으려 한다.
그러면서 다정한 표정과 언어로 다가와 우아한 소통과 통합,
평화를 가장하는 것들이 두렵기도 하다.
그래서 분별력 약한 나는 오늘도 신의 은총을 구하고 있다.

속칭 '달동네'를 주로 그리는 작가다.

달동네는 그리 넉넉지 않은 서민들이 주로 사는 곳이다.

지대가 높다래서 하늘이 더 가까워 보이는 특징이 있다.

모두 열심히 성실하게 지지고 볶고 살아가는 사람들이 모인 동네다.

그래서 더 많이 사람 냄새가 나는 곳이기도 하다.

왠지 낯설지 않은 우리들의 자아처럼 건재하다.

수많은 욕망으로 인해 부서지고 개발되어 밀려난 곳,

그들의 간절한, 때로는 눈물 섞인 기도가 별이 되는 곳,

더러 많은 열등감 속에

환한 아랫동네에 터를 잡고 섞여 살아가고 싶은 꿈을 꾸기도 하는…….

달동네가 더 건강하게 작동되기 위해서

때로 이런 공감적 나눔과 위로와 격려가 필요하다.

젊은 작가의 눈이 참신하고 기특하다.

우린 서로를 그렇게 연민하고 다독이며 살아가야 한다.

사는 곳과 사는 위치로 사람을 나누면 안 될 것이다.

신의 지엄한 명령이다.

추위가 서러움이 되지 않도록,

오늘 밤 그곳에도 달빛이 위로하기를 염원하다.

목판에 판각하여 그림을 그리는 작가다.
스민 듯 풍경을 입고, 계절을 입고 있다.
때론 따뜻하고 부드럽게, 또 때론 밝고 화사하게,
그리고 때론 맑고 산뜻하게, 더러는 깊고 묵직하게,
무심한 듯 단단하기만 한 나무의 질감을 금세 잊게 된다.
우직한 질감 그대로를 살린 무게감과 깊은 침묵 같은 느낌이 좋다.

호흡을 모두어 기도하듯,
더 많은 호흡을 고르고, 나무의 성질을 어루만지며,
생각과 영혼을 새겨 넣었을 것이다.
성미를 조심스럽게 받아내고, 깊이를 가늠하며 다룬 영혼의 획들,
삶과 영혼을 분리할 수 없듯,
선 하나를 잇는데도 허투루 그려 낼 수가 없었을 것이다.
삶과 닮아있다.
그래서 고집처럼 보일지 모르는 작업을 오래도록 진행해 왔을지 모른다.

삶도 누군가에 의해 새롭게 창조된다.
그곳에 시간이 들어차고, 계절이 다녀가고, 그 빛깔들이 스며든다.
그런 나무와 성실한 기도가 만났다. 그렇게 고스란히…….
이 땅의 성실한 삶들을 위하여 축복하다.

오래 묵은 목판에 그림을 그리는 작가로 유명하다.

그림이 주는 주제나 다룸도 정겹고, 소재가 주는 맛이 남다르다.

부담스럽지 않은 집밥을 대하는 행복감을 준다.

목판 위에 단청기법과 자개로 채색하고

나무의 결이나 질감을 잘 살려낸다.

소재 선택의 발상이 참신하고, 특별함이 있는 작품들이다.

오래되어 쓸모를 잃어가는 나무들의 변신, 희망이다.

온고지신 적이다.

오래됨, 되새김, 가치 발견…….

그리고 또 다른 변신, 변화가 주는 가치를 입고 있다.

그것은 새로움으로 다가오기도 하고,

원래 소재들이 가지고 있는 가치들을 이끌어 주고,

다름의 융합이 주는 아름다운 창조가 진정한 예술이라 생각하게 한다.

작가의 작품을 보는 내내 편안하고 행복했다.

거기 그렇게 오래 두어도 부담 없을 무엇처럼,

그리고 더욱 가치 있을 그런 것들의 하나로 흡수되고 싶은 날에.

독일 **헤르만 헤세** Hermann Hesse, 1877~1962

시나 소설로 유명한 작가이지만,

음악이나 미술 분야에도 조예가 깊은 작가다.

스스로 치유하기 위해 그림을 그렸던 작가다.

자연은 가장 부작용 없는 치료제다.

자연과 만나서 교감하는 시간을

매일 거의 거르지 않았던 산책으로도 유명하다.

생전 아름다운 습관처럼 그의 그림은 자연을 노래하고 있다.

자연을 닮아 순수하고 담백하다.

약간의 오일 드레싱을 끼얹은

신선한 샐러드 한 접시에 호밀빵 한 조각을 대하는 듯하다.

그의 문학 작품처럼 대단한 미사여구나 수식어가 많지 않다.

진실하고 진지한 영혼이 대하는 시심처럼 그림도 그러하다.

부담스럽지 않고 원재료의 맛을 그대로 느낄 수 있는

요리 같은 작품들이다.

삶을 대하는 방식이 그대로 드러나는 것 같다.

시나 그림, 음악으로 그리고 살아감으로……

그의 마지막 유고 시를 대하며 숙연히 계절을 음미하다.

부러진 나뭇가지의 삐걱 소리

헤르만 헤세

툭 부러진 나뭇가지,

벌써 여러 해 동안 그대로 매달려,

바람 불면 삐걱대며 메마른 노래를 부른다,

잎사귀도 다 떨어지고, 껍질도 없이,

벌거벗고 창백한 모습, 기나긴 인생길에,

기나긴 죽음의 길에 이젠 피곤한가 보다.

그래도 단단하고 끈질기게 울리는 그의 노랫소리,

버티는 소리, 하지만 남몰래 두려운 소리,

여름 한 철만 더,

겨울 한 철만 더.

작가의 어머니도 화가다.

아름다운 첼리스트나 바이올리니스트를 주로 그리는 작가

Anna Razumovskaya가 그의 어머니다.

젊은 남성 작가의 시선이 매우 맑고 섬세하다.

햇살에 잘 익은 자작에서 여름의 끝자락에 남아있는 생기와

초연하게 맑고 투명한 초가을의 낯빛이 함께 느껴진다.

가을볕에 잘 건조된 차렵이불에서 나던 바람의 향기가 묻어있는 것처럼

기분이 좋다.

하늘을 향한 힘찬 오름은 꿈을 향한 열정,

젊은 가을 같은, 하늘에 닿을 듯한 아찔한 시선은

무언가를 향한 갈망과 간절한 기도일지도 모른다.

또 자작의 큰 키와 속살을 보는 듯한 구도가 주는 자태는

집단 관음증으로 몰고 갈 의사는 없지만,

여인의 치마 속을 들여다보는 것 같은 짓궂은 생각도 든다.

왠지 작가의 작품에서는 샴푸 향기가 느껴지는

맑고 투명한 여성적 이미지도 있다.

남성적인 느낌을 주던 마야 이벤토브_{Maya Eventov}의 자작나무와는

사뭇 다르게 다가온다.

사족 같지만, 작가마다 시선과 닿는 마음이 다르기 때문일 것이다.

아마도 사람들이 각자 삶을 대하는 방식과 시선들도 마찬가지일 것이다.

맛도 다양하게 날 것이다.

그래서 삶은 누가, 무엇이, 더 좋고 나쁨이 있을 수 없다.

내일은 물무리골의 자작이라도 만나고 와야겠다.

자작 잎과 물매화가 다 지기 전에.

스페인 젬마 카프데빌라 Gemma Capdevila

주로 blue와 blown 2가지 색상만을 사용하여
그림을 그리는 작가로 유명하다.
blue와 blown 색상만을 사용했다는 사실을 말하지 않으면,
알아차릴 수 없을 만큼 색의 농담 조절이 절묘하다.
blue 와 blown의 전혀 다른 느낌의 색 조합이 오묘하다.
세련되고 이지적이면서도 따뜻하고 깊다.
독특한 색감 사용만큼이나 초현실주의 성향이 짙으면서도
동화적 감성을 안겨주어 매력적인 작품이다.

바다의 어머니 고래다.
그로 인해 거대한 바다가 이내 넉넉해진다.
고래는 용기를 준다.
그의 육중함마저 푸근하게 다가온다.
평화로움에 안겨 모두의 안녕을 위해 나의 신께 기도한다.
강 속에 하늘이 쏟아져 잠겼다.
집도, 나무도, 별도,
또 하나의 세상이 그곳에 있다.
사막의 상징 선인장에 꽃이 피었다.
마른 영혼에도 꽃이 필 것이다.

파란 하늘과 여우, 어린 왕자 생각이 난다.
죽음과 지혜의 동물 여우가 쉽게 길들어지지 않을 거라며,
자신을 길들였던 어린 왕자에게 조언한다.

"네 장미꽃을 그토록 소중하게 만든 건 그 꽃을 위해 네가 소비한 시간이란다. 사람들은 진리를 잊어버렸어. 하지만 넌 그것을 잊어 선 안돼. 네가 길들인 것에 언제까지나 책임이 있어. 넌 네 장미에 대해 책임이 있어."

-생텍쥐페리 <어린 왕자> 중에서

살아가면서 길들이고 길들어져 가는 것들에 대하여 고민해야 할 것 같다.
어떤 것은 길들임에 소속감과 안정감을 주지만, 집착은 버려야 한다.
또 자유를 존중하고 중요하게 여기지만,
방종과 구별돼야 하며 책임을 수반해야 한다.
건강한 길들임과 자유를 위하다.

선명하고 청명한 색감만큼이나 고운 작가의 마음이 읽힌다.
연신 맑게 갠 하늘에 희망의 조각배와 가득 찬 달을 띄운다.
분홍빛 하늘과 달,
그리고 별빛 찬란한 하늘과 별 나무,
작가의 그림은 색감만큼이나 순수한 사랑과 희망을 샘솟게 한다.

"조금만 더 힘을 내.
옳지.
아주 잘하고 있어."
사발 가득 꽃밥을 담아내며 말한다.
조금만 더 참고 예쁜 마음으로 예쁘게 열심히 살면,
아주아주 행복한 일들이 별처럼 많이 생길 거라고,
잘 살아가라고 토닥이는 것만 같다.
분명하고 선명해서 더 기운차다.
'고개 들고, 어깨 펴고, 괜찮아 괜찮아.
그냥 그렇게 살면 돼.
웃고, 울고. 또다시 웃고, 울고
세상은 그분이 주신 분명 선물이야'라고 말해주는 것 같다.

가슴에 산소 호흡처럼 들어찬다.
작가의 기도 같은 그림에 '아멘'으로 응답하다.

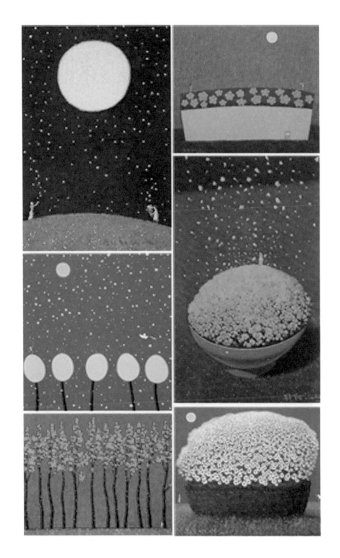

'디지로그 아트_{DigiLog Art}'라는 새로운 장르를 발전시킨

디지로그_{DigiLog} 작가다.

한 사람이 그린 그림 맞나 할 정도로 소위 장르나 화풍도 다양하다.

그것이 한편으로는 지탄받는 이유다.

발상의 전환,

트렌드와 과학 기술의 발전에 감성을 입히는

작가만의 '독특함' 자체가 예술이다.

소장 가치보다 많은 이들에게 작품을 감상할 수 있도록 하는데

가치를 두었다는 점에 박수를 보낸다.

자기의 분야와 전문성을 가지고 많은 이들과 나누고

소통하려는 작품 활동은 프로 보노_{pro bono}다.

클래식 전공 교수가 대중가요를 불렀다고 지탄받던 일도

한참 전에 있었다.

그것이 클래식 음악 퀄리티와 가치를 지키기 위한 거라며……

계층을 구분하고, 자기들만의 특별한 문화와 영역을 넘어

성역으로 남기려는 사람들이 있다.

퀄리티 기준, 그것이 궁금하다.

어쩌면 인간의 본능적 죄성 같다.

그들만의 리그를 깨는 불편한 존재들이 불편한 것인지,

오랫동안 많은 이들을 차별적 소유로 불편하게 한 이들이 불편한지,

품목만 다를 뿐,

무엇인가를 더 소유하고 기득권적 매개로 삼는 본능이 내게는 없을까?
과연 신 앞에서 자유한가?

날마다 보아 지는 죄성 때문에 울던 사도바울과
조국의 현실 앞에 무력한 자신을 보며,
번민하던 청년 윤동주가 생각나는 아침이다.
나의 치졸한 죄성을 회개하며.

줄리안 온데덩크 Julian Onderdonk, 1882~1922

작가의 정원에는 여름의 정점 같은 블루보닛이 한창이다.

쪽빛을 닮은 블루보닛은 마치 여름의 추억 같다.

시원스레 펼쳐진 그곳은 태양의 놀이터,

그 에너지들을 모두 받아줄 것 같은 블루다.

꽃구름 화관을 쓴 하늘이 내려앉은 정원의 파란 미소가 눈부시다.

인내심 깊게 고이 받아 간직한 심연, 또는 바람이 자는 바다 같기도 하다.

평화로 맑은 그곳엔

어린 물고기들이 비늘을 돋우느라 간지러운 몸을 연신 담금질하여

입술이 파란 물빛을 닮아 있을 것 같다.

오랜 기다림의 빛깔,

고집을 걷어 낸 과묵과 침묵의 빛깔 있다면 이런 색이 아닐까 싶었다.

화폭 가득한 블루보닛은 여름의 추억이 담긴 쪽빛 연서다.

이 땅의 신열 오른 것을 진정시켜 내는 바람의 빛깔이다.

타오름달을 보내며 연서에 답장을 준비하다.

김은경

'나무를 사랑하는 작가'라고 스스로 얘기할 정도로
그림의 모티브는 나무이다.
일정한 간격을 유지하며 서로에게 상처를 주지 않는 나무,
홀로이기를 두려워하지 않는 나무,
홀로이면서 숲을 이루기도 하는 나무,
잘려 가공되어도 나무로서의 정체성과 기능을 충실히 하는 나무,
그리고 그 기능을 다 하고 나면 초연히 자연으로 다시 돌아간다.
한 줌의 재나 썩어짐으로…….

오늘의 모티브는 나무 의자이다.
자리!
모두에게는 각자의 자리가 있다.
그 사람만의 편한 자리, 그 자리가 진정한 꽃자리가 아닐까?
나무 의자,
특별한 디자인이나 기능은 없지만 기본에 충실한 구조이다.
무엇보다 자연적인 소재다.
주어진 자리에 감사하면 순수해진다.
주어진 자리가 순수해지면 사랑하게 된다.
사랑하게 되면 빛이 난다.
그곳에서는 서두름이 없다.
태초의 시간이 되는 것이다.
새장 속 시계는 결박일까, 보호일까?
그건 오롯이 보는 자의 몫일 것이다.

다른 사람 자리를 탐하거나 비교하지 않는

감사의 꽃자리를 위하여 기도하다.

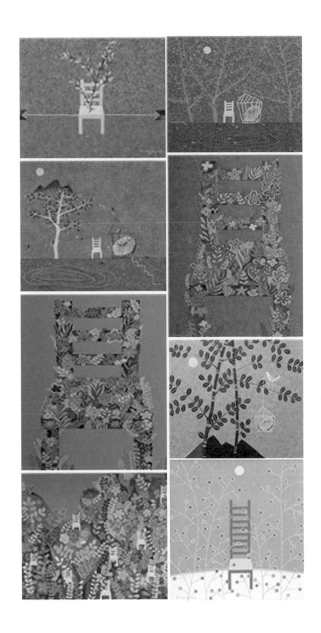

요하네스 얀 베르메르 Johannes Jan Vermeer, 1632~1675

우리에게 '진주 귀고리를 한 소녀'라는 작품으로 많이 알려진 화가이다.

트레이시 슈발리에의 '진주 귀고리 소녀'를

영화화하여 더욱 유명해진 그림이기 때문이다.

그림과 영화의 내용은 다르지만,

실은 두 번째 배열한 '화가의 아틀리에'라는 작품이 그가 그린 작품 중,

가장 중요하고 유명한 작품으로 꼽힌다.

작가가 생전에 그렸던 그림 중 사이즈도 가장 크다.

작가 말년에 많은 빚에 쫓기고 있음에도 불구하고,

그 그림만은 팔지 않았다고 한다.

얼마나 아꼈는지 짐작해 볼 수 있다.

커튼의 문양과 두께감까지 느껴진다.

햇살에 비켜선 모델의 모습에서는 신비로움이 살아있다.

실제 햇살에서만 느낄 수 있는 온화함이 그대로 느껴지는 작품,

명작을 예의 없이 보는 것 같아 자세라도 고쳐본다.

작품에서 삶의 이야기들과 상황 속에 드리워진

모델의 정서와 감정까지 흐르는 것 같다.

마치 사진 아닌가 하는 착각할 정도다.

명품과 명작은 디테일에 있다는 생각을 다시 한번 더하다.

낯설지 않은 화풍이다.

고흐, 고갱, 세잔도 생각난다.

아미에는 시인이자 소설가이며,

아마추어 수채화 화가였던 헤르만 헤세와 절친이었다.

구스타프 쿠르베 같은 화가와 달리 보이는 사물 너머를 표현하려 애쓴 작가다.

사물 넘어 자기 눈에 보이거나 느껴지는 것을 표현하는 것이다.

같은 사물이나 사람을 보고도

각기 다르게 보고 생각을 할 수 있는 것처럼 말이다.

그러니 그의 작품은 고스란히 그가 느끼고 해석한 창조물이다.

빛의 양과 속도가 주는 다채로움과 계절이 주는

사물들의 색감을 풍성하게 느끼고,

그때마다 다양한 화풍과 색채로 표현한 듯하다.

사람의 기분과 감정에 따라 보이는 것이 다르고,

삶의 경험에 따라서도 보이는 것이 다르다.

또 이미 그려진 작가의 그림을 보고도

보는 이에 따라 해석이 다름을 알게 된다.

그림을 보다 보면 여지없이 경직되는 작품이 있는가 하면,

쿠노 아미에트 작품에서는 감성과 작품해석 능력 따라가면 된다.

작가의 시선과 감성을 따라 더불어 볼 수 있는 행운을 만나기도 하고,

소유할 수 없더라도 잠시나마 새로운 관점이나 감성을 누릴 수는 있는

행복감이 있다.

더하고 빼도 된다.

나와 다름에서 오는 매력의 결정들이다.

이런 경험은 영혼을 풍요롭게 한다.

우리는 보이는 것 너머의 보여짐에 익숙하지 않다.

되려 보이는 것과 다른 것에 대한 분노와 배신감에 너무 익숙하다.

당황스러운 나머지 진실과 진리라고 강요하거나 회유도 서슴지 않는다.

개념을 상실한 왜곡된 사실들은, 받아들여지지 않은 것에 대한

보복성 매도와 소멸시켜 버리려는 폭력성으로 난폭해진다.

비일비재한 일상에 스며든 이것들이 둔갑하여,

어떤 것은 또 슬며시 다양성을 인정하지 않는다고 시위한다.

결국 또 다른 자기만의 자리를 찾으려는 것은 아닐까?

신이 얘기하셨다.

끝나는 날이 가까워지면 보이는 것에만 치중할 것이라고.

진리를 분별하기 어려운 혼돈의 때에 신께 분별력을 구한다.

쿠노 아미에트 자화상의 걱정 어린 눈빛에,

"그대 넘어 숲을 보고 있습니다"라고 애써 햇살 담은 안부를 건네.

불의 미학이 더해진 독보적인 작품들이다.

유약과 칠보 그리고 아교 소재가 만나서 주는 감흥은,

마치 신이 주신 계절 봄을 닮았다.

봄의 향연을 위해 검은 휘장이 쳐진 무대의 침묵, 겨울을 견뎌야 했다.

화려한 칠보단장을 만나기 위해 수많은 인고의 작업을

겨울처럼 해낸 결과물이다.

꽃보다 나비 생각이 더 나는 작품이기도 하다.

꽃다발처럼 안겨 오기도 하고, 보암직도 먹음직도 했다던

태초 생명나무 그리고 선악을 알게 하는 나무,

아담과 이브의 죄성을 경계하게도 했다.

인류는 이후로부터 신의 긍휼 외에는 구원의 여지가 없게 되었다.

결국 신의 아들이 대신 죽음으로 인류의 모든 죄를 해결하고

부활로 증명했다.

그리고 그것을 믿는 자와 믿지 않는 자들로 나뉜다.

Happy easter!!

이상한 현상은 성탄절도 부활절도 그것을 믿지 않거나

동의하지 않는 이들이 더 화려하게 즐긴다는 사실이다.

어떤 불과 만난 칠보나 유약처럼 화려해진 절기,

그 속에 담긴 진리와 가치까지 알 수 있기를 간절히 축복하며 기도하다.

'색 면 화가'라는 평을 받으며

'단순한 표현 속의 복잡한 심정'이라는 메시지를 전하려 했다.

작가가 남기고자 한 메시지와 작품에는

제목과 날짜가 없는 것으로 유명하다.

이는 보는 이의 상상과 창조적 해석을 방해하지 않기 위해서라는

작가의 배려다.

예술은 보고 듣는 이가 느끼는 것이 그의 것이다.

심지어 작가마저도 제목이나 제작 날짜로도

의도나 의미를 고착시키면 안 된다고 했다.

작가의 남다른 배려가 감사하다.

나 같은 문외한에게는 더없이 그렇다.

색 면 추상회화 작품들은 사실 대하기가 어려웠는데,

마크 로스코 작가로 인해 자유로워졌다.

아니 내가 모든 그림을 즐겨볼 수 있게 해주었다.

2차대전 이후 현재까지는 최고의 몸값을 자랑하는 작가로도 유명하다.

그림 한 점에 천억 원을 호가하는 작품들이다.

2년 전 우리나라 한가람 미술관에서 무려 쉰 점이나 전시했다는데,

아마도 그 명성은 작품에 영혼을 담아내고,

작품에 대해 제한하지 않는 자유로운 영감,

해석을 할 수 있도록 배려한 것에서 온 건 아닐까.

더러는 설명하기 힘든 경험을 했다는 이들이 있었다.

작품이 말을 걸어오고 영혼을 쓰다듬고 깊은 함묵증까지 깨는 경험,

휴스턴에 있는 로코스 채플에 가면 작가의 작품을 보고

사람들이 펑펑 울거나, 몇 시간씩 작품 앞에 앉아있기로 소문났었다.

작가는 원래 바그너와 모차르트 음악을 좋아하는 철학도였다고 한다.

니체를 사랑하는 그가 우연히 미술을 접하고

자신의 철학을 그림에 담아내게 된다.

그의 의도는 유명해져서 요란 떨고 싶지는 않았을 것 같다.

그냥 본질과 만나고 싶어 했고, 그렇게 제안한다.

그럼에도 스스로는 마음과 감정을 해결하지 못했다.

빨간색 면의 작품은,

그가 스스로 생을 정리하기 직전에 그린 그의 마지막 작품이다.

그의 색감들은 삶을 향한 절규였을지도 모른다.

오늘 비로소 그를 기리다.

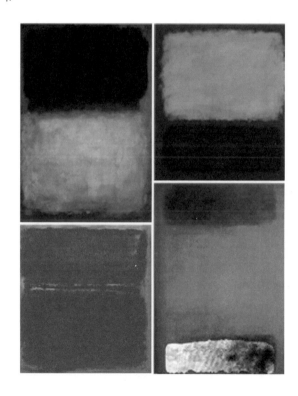

오리엔탈리스트로서의 탁월한 안목과 스킬을 느낄 수 있는 작품들이다.

오리엔탈적인 건축물의 실내 장식과 문양,

섬유의 질감과 패턴들을 정교하게 묘사해 내었다.

그것들이 빛을 흡수하고 머금은 찰나의 채도와 명암을 구사해 냈다.

명화들의 특징적 디테일이다.

거기에 문화와 역사와 심리 정서적 감정들까지

읽고 풀어 이야기들을 그려 낸다.

감탄과 감동을 자아내는 것들이다.

이런 섬세함과 정교한 인내심은 어디서 온 걸까?

존경스럽고 감동적이다.

아마도 사랑일 것이다.

사랑하지 않고 완성해 낼 수 없는 에센스다.

실제 작가는 동양의 여러 곳을 여행하고,

한곳에 비교적 오래 머물며 삶으로 탐색하고, 그려 낸 작가로 유명하다.

사랑은 입는 것이다.

신의 아들이 인간의 몸을 입고 이 땅에 와서 삶으로 통찰하고,

모든 죄를 수거하여 처리한 것처럼 말이다.

작가의 수많은 노고로 태어난 그림 앞에,

한잔의 커피로 서는 것이 발칙하지는 않을는지,

호사와 영광에 감사하며.

둥글 둥글한 사람의 표정과 모습이 푸근하다.

묵직하고 어두운색을 잘 녹여

깊고 부드러운 분위기를 만들어 준 색감들은 더없이 좋다.

그곳에 흐르는 따뜻한 사랑은 사철 봄이다.

커피 향이 나고, 머핀 굽는 향기도 난다.

신이 만드신 작품, 소중한 사람들의 모습이다,

그 신의 당부를 잊지 않은 사람들의 모습이다.

그것을 선물하시기 위해 신은 밤새 대가 지불을 하셨을 게다.

사랑은 누군가의 대가 지불에서 온다.

함께 이면 더할 나위가 없겠지…….

그 사랑을 알기까지 "서로 사랑하라."

이탈리아 **귀도 레니** Guido Reni, 1573~1642

작가는 19세기 아카데미즘 최고의 화가로 평 받는다.
첫 번째 작품이 '베아트리체 첸치'를 그린 것으로,
'스탕달 신드롬Stendhal syndrome'을 가장 많이 일으켰던 것으로 유명하다.

그의 그림은 고전이며, 성서다.
신의 잉태와 탄생, 그리고 사역,
인류의 죄와 인류를 향한 사랑의 행보와
인류 구원을 위한 십자가의 죽음을 증거한다.
작가의 그림은 신을 향한 경건한 예배 자체다.
그림 속 인물들의 살빛과 살결, 근육의 흐름, 내면의 감정과 심리까지 그려냈다.
신의 인류 구원을 위한 죽음 후로도,
인류는 여전히 시대 위에 죄로 방점을 찍는 자가 있는가 하면,
사상누각에 지나지 않는 자들이 있다.
역사는 기억한다.
그리고 본다. 내면의 깊은 곳까지도,
신이 살아 있다는 분명한 증거이기도 하다.
……

훗날 어떻게 그려질 것인가,
역사 위에 무엇을 그려 나가고 있는가,
보편적으로 동서고금을 막론하고, 인류는 그렇게 고고하고 유유하다.
때론 무지와 무모함으로도,
신의 형상을 따라 만든 인류의 정수요, 신이 필요한 이유이다.
신의 자비와 긍휼을 구하다.

그림을 보면서 얼른 드는 생각은 '이쁘다'이다.

곱고 아름답다.

단아하고 섬세하다.

새와 우편함, 바이올린, 꽃과 자라고 있는 나무,

높은 지붕과 담장은 현실이다.

그곳을 나비가 되어 난다.

고집스런 담장의 완고함은 꽃으로 수를 놓아 정감있게 만들었다.

현실의 막막함과 권위를 '강함'이 아닌 작고 '연약함'으로 대비하고 있다.

이질적이고 생뚱맞은 것 같지만, 극복을 넘어선 위대한 수용성이다.

한 바가지의 물과 그 속에 담긴 초승달은 우주다.

이 땅과 생은 무대다.

우리의 연주는 계속되고 있다.

비가 오기도 하고, 비가 그쳐 우산이 한가하기도 하다.

작가는 사랑과 희망을 연주하고 노래한다.

화해와 용서와 화합 그리고 기쁨과 평화를 전하고 있다.

이 시대를 향한 거장의 기도로 느껴진다.

오랫동안 그림으로 심은 그의 기도가 아름다운 열매로 응답되길 바란다.

살아가며 만나는 모든 이들의 사랑과 평화와 건강함을 위하여

함께 기도하다.

이반 아이바조프스키 Ivan Aivazovsky, 1817~1900

작가는 '바다 풍경' 화가로 유명하다.

언뜻 보기에 해가 뜨는 것도, 지는 것도 달빛도 모호하다.

성경의 이야기를 담은 성화같은 느낌도 든다.

조금은 무겁다.

평범한 바다를 따라 형성된 항구 도시와 사람들의 모습일 수도 있다.

그 바다는 나름의 아름다운 모습을 자아내지만 무언가 처절하다.

언제 바람이 고요한 바다를 가르고 섞으려 할지 모른다.

주로 해가 지는 바다 풍경처럼 희뿌옇게 빛의 여력이 적다.

바다는 곧 어둠을 예고한다.

인생의 서막과도 같다.

꽝꽝 얼어버린 바다가 발목을 잡고

또 때로는 폭풍에 위태롭게 흔들린다.

커다란 바다와 자연 앞에서 아무것도 할 수 없는 무력함을 발견한다.

초월하던지, 힘 빼고 관망하던가 해야 한다.

평화로운 듯 두꺼운 메이크업을 하고, 긴장한 티를 가급적 내지 않도록 한다.

바다에 살면서 숨을 고르고, 젖줄처럼 여기는 이들도 분명히 있을 것이다.

바다 향기와 지는 해가 경건한 기도를 드리게 할지도 모른다.

간밤의 폭풍과 칠흑이 한층 더 고요하고, 아름다운 아침 바다를 만든다는 사실을 알아 갈지도 모른다.

성서 같은 성화이지만, 귀도 레니 그림과는 또 다른 느낌으로 다가온다.

애도의 느낌이 훨씬 강해 보인다.

애도가 깊어 죄책감까지 느껴지는 것은,

'가롯 유다의 죄책감이 이런 거였을까?' 싶었다.

그림 속 신의 아들은 차분하다.

고통의 십자가를 진 모습조차 초연하다.

마음이 무겁다.

깊은 차분함은 매질보다 강하게 정죄한다.

초연함은 결연함보다 강해 보인다.

인류의 죄성과 군중 가해 심리를 들킨 듯 죄책감은 더 깊어진다.

가롯 유다가 잘못되었던 것은 죄책감에서 그쳤기 때문이라고 했다.

그림 속 인류의 죄 속성과 속살 같은 어두운색이,

신의 아들 옆에서는 조금도 어둡지 않다.

밝음과 투명함이 있다.

어제는 종일 겨울비가 여름비처럼 내렸다.

그 비는 오늘도 계속되고 있다.

내 영혼의 속죄를 종용하듯, 죄책감은 온전한 뉘우침과 회개가 아니라고,

"사랑하라"

"거룩하라"

3일 동안 그림을 반쯤 걸쳐 놓고 다녔다.

야곱처럼 씨름했다.

'구별되려니 튑니다.

구별되려니 외롭습니다.

구별되려니 속상합니다.

결정적으로 안 행복합니다.

나는 사람입니다. 그것도 약한……'

정작 환도뼈를 맞고서야 손을 들 작정인 양, 변명하고 회피했다.

이 땅에 사는 동안 제일, 언제나, 매우, 힘들다.

그보다 더 힘든 건 그분의 고백이다.

"내가 너희를 사랑한 것 같이 너희도 서로 사랑하라"

"내가 거룩하니 너희도 거룩하라"

……

그렇게 비처럼 내 영혼에 쏟아져 내리다.

시
선,
침
묵
에
닿
다

펴낸날 2024년 9월 30일

지은이 김봄서
펴낸이 주계수 | **편집책임** 이슬기

펴낸곳 밥북 | **출판등록** 제 2014-000085 호
주소 서울시 마포구 양화로 156 LG팰리스빌딩 917호
전화 02-6925-0370 | **팩스** 02-6925-0380
홈페이지 www.bobbook.co.kr | **이메일** bobbook@hanmail.net

ISBN 979-11-7223-033-3 (03810)

※ 이 책은 국가문화예술지원, 강원특별자치도, 강원문화재단 후원으로 발간되었습니다.

강원특별자치도 **강원문화재단**